書下ろし

みだれ桜

睦月影郎

祥伝社文庫

目次

第一章　筆下ろしは女武芸者と

一

（あれ？　殿様の狩りだろうか……）

三吉《さんきち》は、山を下りる途中で馬の嘶《いなな》きを聞き、そちらへと行ってみた。

獣道《けものみち》をそれて残雪の草を掻《か》き分けて進むと、そこは野っ原だ。

様子を窺《うかが》うと、若殿らしい二十半《なか》ばの立派な武士が白馬を降り、若武者が手綱《たづな》を木立にくくりつけていた。

どうやら二人だけらしく、お忍びの狩りのようだ。若殿は笠を被り、襷《たすき》掛けに袴《はかま》の裾《すそ》を絞《しぼ》り、箙《えびら》を背に弓を携《たずさ》えていた。

「綾芽《あやめ》！　村の娘たちは何処《どこ》だ」

「いえ、それが……」

若殿が、同年配の従者らしい若武者に言ったが、どうも声からして女のようだ。

（女……？）

三吉は目を凝《こ》らした。

六尺（約一八〇センチ）近い長身で、長い髪を後ろで引っ詰めて垂《た》らし、裁着袴《たっつけ》に大小を帯びているが、そういえば胸の膨《ふく》らみも見て取れた。笠も被っていないので三吉は、その凄《すご》みのある美貌《びぼう》に見惚《みと》れてしまった。

里で見る村娘とは趣《おもむき》が違う。さすがに颯爽《さっそう》たる武家育ちで、立ち振る舞いからして相当な遣い手なのだろう。

「なに！　獲物は連れて来ておらぬのか！」

若殿が、憎々《にくにく》しげに顔を歪《ゆが》め、癇《かん》の強そうな甲高《かんだか》い声で叱咤《しった》する。

「申し訳ありません。もう若い娘はおりませぬし、これ以上の殺生はお止《や》め下さるように……」

綾芽と呼ばれた女武者が、膝《ひざ》を突いて諫言《かんげん》した。

（まさか……）

三吉は思い当たった。里に下りるたび噂《うわさ》に聞いていたが、若い娘を城への奉公にと金で誘い、以後音信が絶えたという話は、どうやらこの若殿が生きた獲物を矢で射ていたからではないだろうか。

あるいはあちこちに、殺された娘たちが埋められているのだろう。

全てはこの若殿の仕業であり、女武芸者の綾芽は、その片棒を担がされていたようだった。

「おのれ！　余に逆らうか！」

若殿はいきなり鞭《むち》を振り上げ、綾芽の右頰《ほお》を打った。

「く……！」

さすがに女らしい悲鳴は上げず、綾芽は歯を食いしばって堪《こら》え、僅《わず》かに身じろいだだけであった。

「今からでも良い。早く誰か連れて参れ。年増でも美しければ良い！」

「どうか、もう……」

「こやつ！」

さらに若殿が憤怒《ふんぬ》に呻《うめ》いて鞭を振り上げたとき、三吉は思わず身動きして、草を揺すってしまった。

「な、何者……！」

若殿が気づいて鞭を下ろし、こちらを見て怒鳴った。

「そこに誰かいるな。今の話を聞いたか！」

若殿は言うなり急いで矢をつがえ、こちらに向けて放った。

いち早く三吉は矢を避《さ》けて草から飛び出し、その姿を二人の前に現してしまった。

「小僧か。良いぞ、逃げてみろ。余の矢を避けられるか」

若殿は薄笑いを浮かべて言い、矢継ぎ早に射てきた。

しかし三吉は間一髪で避け、右に左に動いては悉《ことごと》くかわした。

「おのれ……、すばしこい……」

若殿が言いながら矢を放つと、三吉は、それを発止《はっし》と掴《つか》み、その矢で次なる矢を叩き落としたのである。

「む……!」

武士の二人は、三吉の動きに目を見張った。

実は、三吉には特殊な力があった。気を込めると、人や物の動きがゆっくりと見えるのだ。

それで、山鳥も獣も、難なく捕らえることが出来、里に売りに行って生計を立てていたのだった。

三吉は十八歳。母を幼くして亡《な》くし、父と山小屋に住んで狩りをしていたが、暮れに父も死に、雪が溶けたら里に下りようと思っていた。

それが今日だったのである。

父の話では、先祖は素破《すっぱ》の一族と言うことだった。特に三吉は鍛錬《たんれん》などしていなかったが、山育ちですばしこい。そして血の中に、そうした特殊な力が備わっていたのだろう。

鳥獣の肉は食用、肝《きも》は薬、皮は衣類になり、里では米や野菜、着物と交換してもらえた。しかし里で女の姿を見るたび、股間が疼《うず》くようになり、悶々《もんもん》として手すさびに溺《おぼ》れていた。

父も病床に就いてからは、自分の死後は里に出るよう彼に言っていた。

先祖代々住んでいた山小屋だったが、三吉の代で故郷を捨てて構わぬと言い遺《のこ》されたのである。

確かに長く山に暮らし、それが普通と思っていたが、里へ出るたび女房をもらえるような普通の暮らしに憧れるようになった。父に教わり読み書きは出来るし、鈍《にぶ》い方でもないので、人里の中、いや、あるいは行商人に聞いた江戸へ出たってやってゆけるような気がしていた。

そして今日、僅かな衣類を背負い、なけなしの金を持って里へ下りていく途中で、このような目に遭《あ》ったのである。

「ええい、綾芽、斬れ！」

矢が尽きた若殿が言うと、綾芽が大刀を抜き放ち、こちらに駆け寄ってきた。

三吉は矢を握りしめ、逃げようとした。

すると迫った綾芽が早口に囁《ささや》いたのだ。

「早く逃げろ」

言いながら彼女は、わざと大ぶりに攻撃を仕掛けてきた。

三吉は行こうとしたが、すると若殿も抜刀して、彼の後ろに回り込んできたではないか。

「簡単に殺すな。動けなくしてから矢を射る。いや、綾芽が交わっても良いぞ。そろそろ男を知りたいだろう」

若殿はうそぶき、容赦なく三吉に斬りかかってきた。

しかし気を込めれば、二人の刃の動きは至極ゆっくりと見え、三吉は難なくかいくぐりながら身を躱《かわ》すことが出来たのである。

「こやつ、動き回るな！」

焦《じ》れた若殿が怒鳴り、大上段に振りかぶった。

そのとき、思いもかけないことが起きたのである。

「ウ……！」

若殿が呻き、ビクリと全身を硬直させた。

驚いた三吉が振り返って見ると、若殿の腹に、深々と綾芽の切っ先が突き刺さっていたのである。

「あ、綾芽……、何を……」

「お、お許しを……、殿の命により、お命頂戴《ちょうだい》致します……」

若殿が苦しげに声を洩《も》らすと、刺した綾芽は、それ以上に苦悶《くもん》の表情で答えた。

三吉が驚いて立ちすくんでいる間にも、綾芽は刀を抜いて捨て、よろけて膝を突いた若殿を支えた。

さらに綾芽は若殿の脇差《わきざし》を引き抜くなり、その喉《のど》を貫いたのである。

若殿は目を見開き、あとは声も立てず、夥《おびただ》しい血で着物を濡《ぬ》らしながらガックリと事切れてしまった。

綾芽は刀を引き抜いて袂《たもと》で拭《ぬぐ》い、若殿の大小を鞘《さや》に納めた。

そして自分の刀も拾って拭い、震えながら納刀すると、絶命した若殿を担ぎ上げ、馬の背に乗せた。

そこで綾芽は力尽《つ》き、そこへ座り込んでしまった。

「だ、大丈夫ですか……」

三吉は駆け寄り、荒い呼吸を繰り返している綾芽に言った。

「お前、名は……。私は岸根《きしね》藩士、春日《かすが》綾芽……」

「さ、三吉です」

「いま見聞きしたこと、誰にも言うな。義安《よしやす》様は自らの不徳を恥じて自害したのだ」

「よ、義安様……？」

この領地を治めているのは、三層の城を持つ岸根藩。主君は二十五になったばかりの岸根義正《よしまさ》と聞く。

「こちらは義正様の双子の弟で、その性は暴虐にして多情。村娘を傷つけては犯し、すでに四人殺した……。そろそろ里でも噂になっていよう。そのためご主君義正様から、密かに殺《あや》めるよう言いつかっていた……」

「そうだったのですか……」

三吉は納得したが、さすがに主君の弟となると気が引け、それでためらっているうちに三吉が現れてしまったのだろう。

そして義安も、日陰者の僻《ひが》みで鬱憤《うっぷん》を晴らし、山へ来ては村娘を犯し殺していたようだった。

「三吉、お前は何者だ。義安様は、それなりの弓の技量を持っていたはずだが」

「私は山で狩りをして暮らしていましたが、親も死に、今日里へ下りてきたところでした。もとからすばしこいものですので……」

「そうか……」

綾芽は肩で息をし、あらためて三吉を見た。

「私はこれから城へ戻り、殿に顚末《てんまつ》を話してから腹を切る。死ぬ前に、一度で良いから男を知りたい。良いか」

彼女の言葉に、こんな最中なのに三吉はドキリと胸を高鳴らせてしまった。

二

「女好きの義安様も、私にだけはそそられなかったようだ。元より、小柄で可憐《かれん》な娘がお好きだったから、私のような大女は、すでに女と思っていなかったのだろう」

「いえ……、綾芽様はお美しいです……」

言われて三吉は答え、手拭いを出し、そっと頰の傷を拭ってやった。深手ではないので、やがて癒《い》えれば痕《あと》は残らないだろう。

「ならば、良いのだな……」

綾芽は言い、大小を鞘ぐるみ抜いて草に置き、立ち上がって袴を脱ぎはじめた。

「さあ、お前も早く」

綾芽に促《うなが》され、三吉も緊張に指を震わせながら裾をめくり、股引《ももひき》と下帯を脱ぎ去っていった。

すると彼女が三吉を押しやって草に仰向《あおむ》けにさせ、大股開きにさせた真ん中に腹這《ば》い、顔を寄せてきたのだ。

期待はあるが、何しろ相手は武士で、しかも惨劇のあとだから一物は縮み上がっていた。近くの馬の背には、藩主の弟の亡骸《なきがら》が乗っているのである。

しかし綾芽の方も、主君の弟君を殺めて相当に我を失い、震えながら荒い呼吸を繰り返していた。

「これが男のもの……、なるほどこれが金的か……」

綾芽は近々と迫り、観察しながら呟《つぶや》くと、恐る恐る触れてきたのだった。

指先でふぐりを探り、二つの睾丸を確認すると、袋をつまんで肛門の方まで覗《のぞ》き込み、いよいよ萎《な》えた一物に触れてきた。

皮を剝《む》くと、初々《ういうい》しい桃色の亀頭が露出した。

「ああ……、汚《きたの》うございますので……」

「構わぬ。ああ、少しずつ硬くなってきた……」

三吉が喘《あえ》ぐと、綾芽は指を這わせ、敏感な亀頭を撫《な》で回しはじめた。

彼も、凄みのある美女の熱い息と視線を股間に感じ、生まれて初めて人に触れられながら次第にムクムクと勃起していった。

「なるほど、淫気を催《もよお》せば勃つのだな。お前も剛胆な。いや、私のようなものに淫気を抱いてくれたことが嬉《うれ》しい」

綾芽が言う。

どうやら男より大柄なことに劣等意識があり、それで嫁すのを諦めて、剣術一筋に生きてきたようだった。

「入れるには、濡らした方が良いのだろうな……」

彼女は肉棒を揉《も》みながら言い、口を寄せてタラリと唾液を垂らし、亀頭に塗り付けてくれた。いや、それではもどかしいと思ったか、とうとう舌を這わせ、亀頭にしゃぶり付いてくれたのである。

「アア……、い、いけません……」

三吉は思いもかけない快感に喘ぎ、含まれながらヒクヒクと幹を震わせた。

湯浴みなど一度もしたことがなく、冬場のことだからせいぜい身体《からだ》を拭くぐらいのことしかしていない。

それでも綾芽は構わず、彼の股間に熱い息を籠《こ》もらせながら吸い付き、ネットリと舌をからませてくれた。

薄寒い山中、快楽の中心だけが美女の温かく快適な口に含まれ、亀頭が舌に転がされて清らかな唾液にまみれた。

「あうう……、も、もう……」

三吉は、溶けてしまいそうな快感に身悶《みもだ》えながら呻き、いけないと思いつつ、あっという間に昇り詰めてしまった。

「く……！」

畏《おそ》れ多い快感に全身を貫かれ、同時に熱い大量の精汁がドクンドクンと勢いよくほとばしり、美女の喉の奥を直撃した。

「ンン……」

綾芽は熱く鼻を鳴らし、噴出を受け止めてくれた。

なおも吸引と舌の蠢《うごめ》きは止めないので、三吉は心置きなく最後の一滴まで、武家女の口に出し尽くしてしまった。

脈打つような射精が終わると、ようやく綾芽も吸引を止め、亀頭を含んだまま口に溜《た》まった精汁をゴクリと一息に飲み干してくれた。

「ああ……」

嚥下《えんげ》とともに口腔がキュッと締まり、三吉は駄目押《だめお》しの快感を得て喘いだ。

やがて綾芽は口を離し、なおも幹をしごくと、鈴口から白濁の雫《しずく》が滲《にじ》んできた。

「これが精汁か。生きた子種なのだな……」

彼女は言い、鈴口を舐《な》め回して余りまで全てすすってくれた。

「う……、ど、どうか、もう……」

三吉は射精直後の亀頭を過敏に震わせ、降参するように言って腰をよじった。

すると綾芽も舌を引っ込め、顔を上げた。

彼は脱力感に荒い呼吸を繰り返し、いつまでも動悸《どうき》が治まらず、余韻《よいん》と畏れ多さに身を震わせていた。

「さあ、また出来るようになったら入れてほしい」

綾芽は言って、彼の隣に仰向けになった。もちろん三吉も、済んだばかりだが萎える暇《ひま》もなく一物は屹立《きつりつ》したままだった。

「どうか、陰戸《ほと》を見せて下さいませ……」

身を起こした彼は、恐る恐る言った。

「そのようなところ、見るものではない」

彼女は言いつつも、三吉が股間に顔を寄せると、自分から僅かに立てた両膝を開いてくれた。やはり二十代半ばまで無垢《むく》であり続け、なまじ肉体が丈夫だから、淫気も旺盛なのだろう。

裾が割れ、白く逞《たくま》しい脚が露《あら》わになった。

三吉は腹這い、さすがに引き締まって滑《なめ》らかな内腿《うちもも》に頬を当て、熱気と湿り気の籠もる股間へと顔を寄せていった。

股間の丘には黒々と艶《つや》のある恥毛が情熱的に濃く茂り、割れ目からは桃色の花びらがはみ出していた。

そっと指を当てて陰唇を左右に広げると、

「アア……」

おそらく生まれて初めて触れられたであろう綾芽が、ビクッと下腹を波打たせ、意外なほど可憐な声を洩らした。

丸見えになった中身に顔を寄せると、そこはヌメヌメと潤《うるお》う綺麗《きれい》な柔肉。無垢な膣口が花弁のように襞《ひだ》を入り組ませて息づき、ポツンとした尿口も分かった。

三吉は前に行商人の男からもらった、古い春本の陰戸の図解を思い出しながら一つ一つ確認した。

割れ目上部にある包皮の下からは、小指の先ほどもあるオサネがツヤツヤと光沢を放って突き立っていた。

もう我慢できず、三吉は顔を埋め込み、柔《やわ》らかな茂みに鼻を擦《こす》りつけて女の体臭を嗅いだ。隅々には甘ったるい汗の匂いが馥郁《ふくいく》と籠もり、下の方へ行くにつれゆばりの匂いも入り交じっていた。

彼は初めて嗅ぐ女の匂いを貪《むさぼ》り、甘美な興奮で胸を満たした。

むろん生々しく濃い体臭でも嫌ではなく、むしろ生まれて初めて接する女の成分を少しでも多く吸収したかった。

舌を這わせると、陰唇の表面には汗かゆばりか判然としない微妙な味わいがあり、奥へ挿《さ》し入れるとヌルッとした淡《あわ》い酸味が感じられた。これが淫水の味なのかも知れない。

舌先で膣口の襞をクチュクチュと掻き回し、滑らかな柔肉をたどってオサネまで舐め上げると、

「アアッ……、き、気持ちいい……！」

綾芽がビクリと顔を仰《の》け反《ぞ》らせて喘ぎ、内腿でムッチリときつく彼の両頬を挟《はさ》み付けてきた。

こんなに大きく頑丈な武家女が、こんなにも小さな突起で感じ、しかも自分のようなものの未熟な愛撫《あいぶ》で狂おしく身悶えるのが三吉は嬉しかった。

さらに彼は綾芽の腰を浮かせ、形良い尻の谷間にも鼻を潜《もぐ》り込ませていった。

顔中に双丘を密着させ、可憐な薄桃色の蕾《つぼみ》に鼻を埋め込んで嗅ぐと、汗の匂いに混じり秘めやかな微香も感じられた。

もちろん嫌ではなく、武家の美女でも同じように排泄するというのが分かり、実に新鮮な大発見のようにすら思えた。

舌を這わせると細かな襞がヒクヒクと収縮し、さらに充分に濡らしてから潜り込ませ、ヌルッとした滑らかな粘膜まで味わった。

「あう……、そ、そのようなところ……」

綾芽が驚いたように声を上ずらせ、キュッと肛門できつく三吉の舌先を締め付けてきた。

彼は綾芽が感じてくれるのが嬉しく、舌を出し入れさせるように蠢かせた。そして陰戸から溢《あふ》れて滴《したた》る淫水を舐め上げながら、再びオサネに吸い付いていった。

「い、いい……、もっと強く吸って……」

綾芽が腰をよじらせて言い、三吉も強く吸いながら舌先で弾《はじ》くようにオサネを刺激してやった。

愛撫しながら見上げると、いつしか彼女は着物をたくし上げて胸元をくつろげ、はみ出した白い乳房を自ら揉みしだいていたのだった。

三

「入れて……、三吉……」

綾芽が言うと、三吉も顔を上げ、身を起こして股間を進めていった。

もちろん射精の脱力感などとうに消え失せ、彼自身待ちきれないほどの高まりを覚えていた。

彼女も神妙に股を開き、初めての時を待っていた。

三吉は急角度にそそり立った幹に指を添えて下向きにさせ、大量の蜜汁にまみれた割れ目に擦りつけながら位置を探った。

すると、急にヌルッと落とし穴に嵌《は》まり込んだように亀頭が潜り込んだ。

「あう……、そこ、来て、奥まで……」

綾芽が呻いて言い、彼もヌメリに助けられながら股間を押しつけていった。

たちまち一物は、ヌルヌルッと滑らかな肉襞の摩擦を受けながら、熱く濡れた膣内に吸い込まれた。

「アアッ……、いい……」

股間を密着させると、綾芽が喘ぎながら両手を伸ばしてきた。やはり二十代半ばともなれば、破瓜《はか》の激痛などはないようだ。まして日々過酷な稽古《けいこ》に明け暮れているだろうから、この程度の痛みなどは何ほどもなく、むしろ男と一つになれた感激と達成感の方が大きいのだろう。

三吉も抱き寄せられるまま、抜けないよう股間を押しつけながら、そろそろと身を重ねていった。

中は温かく、実に心地よかった。そして一物に感じる以上に、やはり女体と一つになった充足感が全身を満たした。

さっき口に射精していなかったら、挿入時の摩擦だけで果てていたことだろう。

動かなくても、息づくような収縮が肉棒を刺激していた。まるで歯のない口に含まれ、舌鼓《したつづみ》でも打たれているような締め付けが感じられた。

相手が長身なので、少し屈《かが》めば、すぐそこに胸元からはみ出す乳房があった。

三吉は顔を埋め込み、色づいた乳首に吸い付いて舌で転がした。

「あうう……、もっと強く……」

綾芽が呻きながら、きつく両手で彼を抱きすくめ、待ちきれないようにズンズンと股間を突き上げはじめてきた。

三吉は胸元に潜り込むようにして、左右の乳首を交互に含んで舐め回し、噎《む》せ返るように濃厚な汗の匂いで甘ったるく胸を満たした。やはり相当な緊張の連続で、肌はジットリと汗ばんでいた。

そして突き上げに合わせ、徐々に三吉もぎこちなく腰を遣いはじめた。

「く、口吸いを……」

彼女が両手で彼の頬を挟んで言い、引き上げてきた。

三吉も伸び上がるようにして、綾芽の喘ぐ口に迫った。

形良く開かれた唇の間から、頑丈そうな歯並びがキッシリと隙間《すきま》なく揃《ぞろ》い、炎のように熱く湿り気ある息が洩れていた。

緊張の連続で口中が渇き気味のせいか、甘い花粉のような刺激が濃く含まれ、彼は初めて嗅ぐ女の吐息に陶然《とうぜん》となった。

三吉は美女の息で胸を満たしてから、彼女の左頬に印された鞭の傷痕を舐め、乾き気味の血を拭ってやった。そして引き寄せられるまま唇を重ねると、柔らかな感触と唾液の湿り気が感じられ、さらに濃厚な花粉臭が鼻腔《びこう》を刺激してきた。

長い舌が伸びて侵入したので、三吉もネットリとからみつけ、滑らかな感触を味わった。

「ンン……」

綾芽は熱く鼻を鳴らしながら突き上げを速め、今度は彼が舌を挿し入れるとチュッと強く吸い付いてきた。

腰を遣いながら美女の唾液と吐息を吸収するうち、もう三吉も我慢できなくなり、二度目の絶頂を迎えてしまった。

「い、いく……！」

僅かに唇を離して口走り、ありったけの精汁を勢いよく柔肉の内部に放った。

「あう……、熱い……、もっと……、アアーッ……！」

綾芽は噴出を感じて喘ぎ、ガクンガクンと狂おしく腰を跳《は》ね上げ、何度も弓なりに反り返って硬直した。どうやら初めての交接なのに、激しく気を遣《や》ってしまったようだった。

小柄な三吉の身体まで上下に激しく揺すられ、まるで暴れ馬にしがみつくような思いだった。

膣内の収縮も最高潮になり、彼は心置きなく最後の一滴まで出し尽くした。

大きな快感に腰の動きが止まらないほどになっていたが、やがてすっかり満足しながら、彼は徐々に律動を弱めていった。

「アア……、これが情交なの……」

綾芽も満足げに声を洩らし、逞しい全身の強《こわ》ばりを解いてグッタリと身を投げ出していった。

互いに力を抜いて重なり、荒い呼吸を混じらせていたが、膣内の収縮はまだ名残惜《なごりお》しげに続き、刺激されるたび一物が過敏にヒクヒクと内部で跳ね上がった。

「く……、も、もう良い……」

綾芽が、感じすぎるように力なく嫌々をして言った。

やはり女も、気を遣った後は、全身が射精直後の亀頭のように敏感になっているのだろう。

三吉は、逞しい綾芽に体重を預け、熱く甘い息を間近に嗅ぎながら、うっとりと快感の余韻に浸り込んでいった。

しかし、やはり相手は武家だから、そう長く乗っているのも悪いと思い、やがて彼はそろそろと股間を引き離した。

すると綾芽が懐紙を出し、手渡してくれた。

三吉は受け取り、綾芽の陰戸を拭ってから、手早く一物も拭き清めた。

初めてでも出血は認められず、むしろ女の悦《よろこ》びに目覚めたように陰戸が妖《あや》しく息づいていた。

「ああ……、これで思い残すことはない。よし！」

綾芽は気合いを入れるように言って身を起こし、身繕《みづくろ》いをした。

三吉も下帯を着け、股引を穿《は》いて裾を直した。

「里へ下りてどうする。当てはあるのか」

綾芽が袴を整え、大小を腰に帯びながら訊《き》いてきた。

「はあ、よく鳥や獣を売りに行った庄屋の家にでも行って相談しようかと思います」

「私の従者にならぬか」

「え……？」

いきなり言われ、三吉は思わず顔を上げて聞き返した。

「私の父は国家老、春日陣内《じんない》だ」

「ご、ご家老のお嬢様だったのですか……」

三吉は目を丸くした。

「義安様を殺める命は、殿と父の一人から言いつかったこと。私は今宵《こよい》にも腹を切るが、せめて初めての男の身の振り方を定めて逝《い》きたい。あれほどの技を持っているとでもあるし、父に言えば何とかなろう」

「わ、私が武士に……？」

「そう簡単に武士にはなれぬ。だが、城内に奉公する道はいくらもある。一緒に城へ行こう」

身繕いを終えた綾芽は言い、義安の亡骸に一礼してから、手綱を解いて馬を引きはじめた。

三吉も少し迷ったが、どちらにしろ山を下りるのだからと、後から従っていった。

だいぶ日も傾いてきた。

これから庄屋を訪ね、断られたら元も子もない。それならばいっそ、綾芽に賭《か》けてみようという気になった。そして彼もまた、初めての女として綾芽と去り難い気持ちになっていたのである。

やがて山を下り、麓《ふもと》沿いに進んでゆくと、黒塗り三層の天守が見えてきた。

「お、お腹を召すなんて、平気なのですか……」

「平気とか、そういった類《たぐ》いのものではない。武士として、命を受けたときから覚悟のこと。元より、武芸の達者でも泰平の世では使いようもなく、まして嫁の貰《もら》い手もない私が役に立つのはこういうときだ。父も、義安様の悪行を他言せぬため他の家臣には頼めまい」

「そんな……」

三吉は絶句し、嘆息《たんそく》した。まあ、武士の世界のことなど、理解できないのは仕方のないことだろう。

やがて城に着いたが、かねてから取り決めてあったのか、綾芽は裏手へ回り、そちらの門に向かうと、すぐに五十年配の立派な武士が出迎えてきた。

待ちかねていたらしく、焦燥《しょうそう》の色が濃いが、これが綾芽の父、国家老の春日陣内のようだった。

他の家臣は一人としてなく、彼一人だった。

「綾芽、首尾を果たしたようだな。ご苦労であった」

「は……、ただいま戻りました……」

沈痛な面持《おもも》ちで父娘は対面し、一緒に義安の亡骸を下ろし、用意の戸板に乗せた。

「この者は」

「はい。偶《たま》さかに行き会った狩人の三吉と申し、激しく動揺している私を手助けしてくれ、この者なくば首尾は果たせませんでした」

「左様《さよう》か」

陣内がジロリと三吉に目を遣り、彼はいきなり斬られるのではないかと危惧した。

四

「ここが風呂だ。着替えは置いておく」

綾芽が言い、三吉を城内の湯殿に案内してくれた。

彼女は国家老である父親の陣内を説得し、奉公人として城に入れることを許してもらったのだった。

陣内も、重大事の場に居合わせた三吉を無闇に外へ出すわけにもいかないと思ったのだろう。

「申し訳ありません。私のようなものが風呂など」

「良い。山の垢《あか》を落とせ。それより三吉、お前は私の苗が切れるか」

「え……？」

いきなり言われ、三吉は硬直した。

「山刀の扱いにも慣れていよう。出来れば、初めての男に介錯《かいしゃく》されたい」

「む、無理です。そのようなこと……」

「左様か。事が事だけに余人には頼めぬ。父に託すは忍びないので、では自分一人で済ませるか」

綾芽が言い、脱衣所を出ようとした。

「お、お待ちを、綾芽様。まさかこれが今生《こんじょう》のお別れとか……」

「まだだろう。お前は湯から上がり夕餉《ゆうげ》でも済ませておけ。私は殿と父に顚末を報告し、今後の葬儀のことなど諸々の相談がある。腹を切るのはそのあとなので、もう一度お前の顔を見に来よう」

綾芽が言い、微《かす》かに笑みを洩らして去っていった。

三吉は嘆息し、着物を脱いで湯殿に入った。

蒸し風呂で汗をかき、糠袋《ぬかぶくろ》で全身を擦った。そして元結いを解いて髪を洗い、剃刀《かみそり》で髭《ひげ》も当たった。

湯を浴びて全身さっぱりとし、湯殿を出て身体や髪を拭いた。

新たな下帯と寝巻が置かれていたので、それを身に着けて脱衣所を出ると、

「綾芽様から言いつかっております。こちらへ」

初老の女中が頃合いを見計らって来てくれ、厨《くりや》へ案内してくれた。その片隅で、飯と干物、漬け物に吸物の夕餉を出された。

そして久々に人間らしい飯を済ませると、女中が元結いで髪を縛《しば》ってくれた。総髪のまま、後ろで束ねて垂らしただけである。

さらに小部屋に案内されると、行燈《あんどん》が点《つ》き、床《とこ》も敷《し》き延《の》べられていた。すでに日は落ち、城内にも人は多いだろうに、ここは隅の方らしく実に静かだった。

（まさか、里に下りてお城に泊まることになるとは……）

三吉は思った。

庄屋の家を訪ね、うまくすればそこで働かせてもらい、住み込みが出来ればという目算だったが、まさか庄屋の家の何百倍もの城に来るとは夢にも思わなかったものだ。

身体を洗い腹も満たされ、ほっとすると同時に綾芽のことが心配になった。

彼女が腹を切って果てれば、秘密を知る残り一人の自分が、陣内の手にかかるような気がしていた。

むろんそのときは、持ち前のすばしこさで逃げ出すつもりでいた。

するとそのとき襖《ふすま》が開き、三吉はビクリと身構えた。

しかし入ってきたのは、さっきと同じ姿の綾芽であった。

「おお、見違えるようだな、三吉」

綾芽は湯上がりの彼を見て言った。

「切腹は取り止めだ」

さらに彼女は言い、大小を部屋の隅に置いて袴を脱ぐと気怠《けだる》げに座り、億劫《おつくう》そうに足袋《たび》を脱ぎ去った。

相当に、心身ともに疲労しているようだ。

「え……？　それは、どういう……」

「明朝、殿が江戸へ発《た》つ。その供だ」

綾芽は言い、困憊《こんぱい》と同時に安堵《あんど》感も垣間《かいま》見せながら、詳しく説明してくれた。

義正が参勤交代で江戸へ行く前日、義安を処断する最後の機会として綾芽が刺客《しかく》に選ばれた。

そして綾芽は夜半に割腹して果て、義正は後顧の憂《うれ》いなく江戸へ発つというのが彼女の目算だったようだ。

しかし義正は、忠臣で手練《てだ》れでもある綾芽を死なせる所存は最初からなく、先ほどの会見でも厳《おごそ》かに切腹を戒《いまし》められ、江戸での奉公を約束させられたのだった。

「気が抜けた。まあ、殿のお優しさには頭が下がる。生まれ変わった気で明日からまた忠義に励もう」

「そ、それは良うございました……」

聞いて、三吉も安堵と喜びに顔を輝かせた。

すると綾芽は、ゴロリと布団《ふとん》に横になった。

本来なら湯殿で身を清め、死に装束を着るはずだったが、思惑が外れて風呂に行く気も失せてしまったようだった。

そして義安に関しても、残った陣内がうまく藩士を説得し、滞《とどこお》りなく葬儀を執り行うことだろう。

「三吉、一緒に江戸へ行こう」

「本当ですか……」

「ああ、お前も城にいるより、賑《にぎ》やかな江戸の方が良かろう」

「は、はい。前から行ってみたいと思っておりました……。本当に、私もよろしいのでしょうか……」

「私もお前と一緒だと嬉しい。殿と父は私を信頼してくれ、すでに許しも得た」

「分かりました。ではご一緒に」

「明日は早いから寝よう。いや、その前にもう一度」

綾芽が言って身を起こし、全て脱ぎ去って一糸まとわぬ姿になると、再び仰向けになった。

山中でしたときは首尾を果たして死を覚悟し、興奮と緊張の極みだったろうが、今は明日を生きるため、あらためて心ゆくまで男を味わいたいようだった。

三吉も手早く寝巻と下帯を脱ぎ去り、全裸になって彼女に迫った。

あらためて見ると、大柄だが実に均整の取れた逞しい肉体だった。

さすがに肩と二の腕の筋肉が発達し、乳房はそれほど豊かではないが張りがあり、乳首も乳輪も初々しい桜色をしていた。

腹部は筋肉が段々になり、太腿も荒縄をよじり合わせたように引き締まり、長い脛《すね》には体毛があり野趣溢れる色気が醸《かも》し出されていた。

やはり草の上で、乱れた着物の間から見るのとは違い、余すところない全裸の女体に彼も激しく興奮を高めた。

「さあ、どのようにも好きにして良い」

「はい、では……」

言われて、三吉は答えながらにじり寄った。

綾芽も、淫気は高めているが肉体からは力が抜け、実に気怠げに受け身の体勢になって身を投げ出していた。

三吉も、遠慮なく彼女に迫った。

真っ先に目を惹《ひ》いたのが、彼より大きな足裏であった。

三吉は屈み込み、綾芽の足裏に顔を押しつけ、硬い踵《きびす》から、やや柔らかな土踏まずに舌を這わせた。

「あう……、なぜそのようなところを……」

「初めての女の方なので、隅々まで知ってみたいのです」

驚いたように言う綾芽に、三吉は答えながら舐め回した。

「アア……、くすぐったい……。でも好きにしろと言ったのだから、続けて……」

綾芽が言い、三吉は彼女の指の股に鼻を割り込ませた。

長く太く、しっかりした指の間は汗と脂《あぶら》にジットリと湿り、蒸れた匂いが何とも濃厚に沁《し》み付いていた。

彼は美女の足の匂いを胸いっぱいに貪り、爪先《つまさき》にしゃぶり付いた。

「く……、汚いだろうに……」

綾芽はビクリと足を震わせながら呻いたが、拒《こば》みはしなかった。

三吉は頑丈で分厚い爪の先を嚙《か》み、全ての指の股を舐め回し、もう片方も味と匂いを心ゆくまで貪った。

「あう……、変な気持ち……」

彼女は呻きながら、唾液にまみれた指先で彼の舌をキュッと挟み付けた。

やがて味わい尽くすと、三吉は綾芽の脚を舐め上げた。脛の毛に頰を擦り付けて感触を味わい、両膝の間に顔を割り込ませ、ムッチリと張りのある内腿にも舌を這わせていった。

「ああ……」

綾芽が期待に熱く喘ぎ、自ら大股開きになってくれた。

三吉が顔を進めると、黒々と艶のある恥毛の下の方には、早くも大量に溢れた淫水が雫を宿していた。

陰唇を広げると、生娘《きむすめ》でなくなったばかりの膣口が、蜜汁に濡れた襞を息づかせていた。彼も我慢できず、女丈夫の股間にギュッと顔を埋め込み、柔らかな茂みに鼻を擦りつけて嗅いだ。

柔肉を舐めると、トロリとした淡い酸味の粘液が生温かく溢れ、舌の動きを滑らかにさせていった。

山で嗅いだときより、汗とゆばりの匂いが濃厚だった。

三吉は舐め回しながら美女の体臭を嗅ぐたびに、胸の奥まで甘美な悦びに満たされていったのだった。

五

「アアッ……、いい気持ち……、もっと強く吸って……」

綾芽が、何度かビクッと顔を仰け反らせながら喘いだ。感じてくると、声音が女らしくなるようだった。

三吉も執拗に蜜汁をすすってはオサネを吸い、チロチロと舌先で弾くように舐め回した。

さらに彼女の脚を浮かせ、引き締まった丸い尻の谷間に鼻を埋め込んだ。

双丘がひんやりと顔中に密着し、蕾《つぼみ》に籠もった秘めやかな匂いが鼻腔を悩ましく刺激し、それが心地よく一物に伝わっていった。

舌を這わせ、収縮する襞を濡らしてからヌルッと潜り込ませると、

「く……！」

綾芽は呻きながら、モグモグと味わうように肛門を締め付けてきた。

三吉は充分に舌を蠢かせてから、再び陰戸に戻って新たな淫水をすすり、オサネに吸い付いた。

さらに指を挿し入れ、内壁をクチュクチュと小刻みに擦ってから天井を圧迫し、肛門にも左手の指を浅く入れて蠢かせた。

全ては春本に書かれていた愛撫だったが、この敏感な部分への三点責めは実に効果的だったようだ。

「だ、駄目……、いく……、ああーッ……！」

綾芽が声を上ずらせて喘ぎ、ガクガクと腰を跳ね上げ、前後の穴で彼の指が痺《しび》れるほど締め付けてきた。しかも粗相したかのように大量の淫水が、射精するようにほとばしったのだ。

おそらく武家である綾芽の考えていた情交とは、単に交接するだけだったのだろうが、まさか感じる部分を舐め合うなど思いもしなかったようだ。

だからこそ、激しく感じて三吉を求めてきたのだろう。

「も、もう堪忍《かんにん》……」

綾芽は息も絶えだえになって言い、やがて硬直を解いてグッタリと身を投げ出してしまった。

力尽きて無反応になったので、三吉も舌を引っ込め、前後の穴からヌルッと指を引き抜いた。肛門に入っていた指に汚れはなく爪にも曇《くも》りはないが微香が付着し、膣に入っていた指は白っぽく濁《にご》った粘液にまみれ、湯気が立つほど湯上がりのようにふやけ、シワになっていた。

綾芽はゴロリと横向きになり、それ以上刺激を受けないよう股間を庇《かば》って手足を縮めてしまった。

三吉は向かい合わせに添い寝し、甘えるように腕枕してもらった。

そして生ぬるく甘ったるい汁の匂いに噎せ返りながら、色づいた乳首にチュッと吸い付き、舌で転がしながらもう片方の乳首をいじった。

「ああ……」

綾芽は徐々に我に返るように声を洩らし、彼の顔を胸に抱きすくめてくれた。

三吉は両の乳首を交互に含んで舐め回し、さらに腋《わき》の下にも鼻を埋め込み、柔らかな腋毛に擦りつけて濃厚な体臭を嗅いだ。

「もう駄目……、今度は私が……」

彼女が言ってノロノロと上になり、三吉を仰向けにさせた。

すると綾芽も彼の乳首にチュッと吸い付き、熱い息で肌をくすぐりながら舌を這わせてきたのだ。

「ああ……、気持ちいい……」

三吉は、自分の乳首がこんなにも感じるということに驚き、思わず喘ぎながらクネクネと悶えた。

綾芽は左右の乳首を舐め、音を立てて吸い付いてくれた。

「か、噛んで下さいませ……」

三吉が言うと、綾芽もすぐに綺麗な歯並びでキュッと乳首を挟んできた。

「あう……、どうか、もっと強く……」

「痛くないのか。こうか」

さらにせがむと、綾芽が力を込めて噛んでくれた。

「アア……、いい……」

三吉は美女に食べられているような興奮と、甘美な痛みに包まれながら喘ぎ、ヒクヒクと一物を上下させた。

すると跳ね上がる一物を肌に感じたか、綾芽も移動し、大股開きにさせた股間に腹這い、顔を寄せてきた。束ねた長い髪が肩からサラリと流れ、下腹や内腿を心地よくくすぐった。

彼は、武家の美女の熱い視線と息を感じ、畏れ多い快感と期待に胸を高鳴らせた。

何と綾芽は、彼の脚を浮かせ、自分がされたように尻の谷間から舌を這わせはじめたのである。

舌先でチロチロと肛門を舐め、ヌルッと潜り込ませた。

「あう……、い、いけません、綾芽様……」

三吉は驚いて呻き、キュッと肛門で美女の舌先を締め付けた。

熱い鼻息がふぐりをくすぐり、屹立した一物はまるで内部から操られるようにピクンと震えた。

すぐに彼女はヌルリと舌を引き抜いた。

「ずるい。自分だけ湯上がりで」

綾芽は詰《なじ》るように言い、今度はふぐりに舌を這わせてきた。

「アア……」

そこも微妙な快感であった。

綾芽は二つの睾丸を充分に舌で転がし、熱い息を籠もらせながら袋を濡らし、いよいよ肉棒の裏側を舐め上げてきた。

完全に勃起し、ツヤツヤと光沢を放つ亀頭にしゃぶり付き、鈴口から滲む粘液を舐め取りながら、彼女はスッポリと喉の奥まで呑《の》み込んだ。

「く……！」

三吉は暴発を堪えて呻き、美女の口の中で唾液にまみれた幹をヒクヒク震わせた。

綾芽は顔を上下させてスポスポと濡れた口で強烈な摩擦を繰り返したが、彼が漏らす前にチュパッと口を引き離してくれた。

「入れたい……」

彼女が言って身を起こし、そのまま三吉の股間に跨《また》がってきた。

唾液に濡れた先端に陰戸を押し当て、位置を定めると息を詰め、味わうようにゆっくり腰を沈み込ませていった。

張りつめた亀頭が潜り込むと、あとはヌメリと重みでヌルヌルッと一気に根元まで呑み込まれた。

「ああ……、奥まで届く……」

綾芽が顔を仰け反らせて喘ぎ、キュッときつく締め付けてきた。

三吉も股間に重みと温もりを受け、激しく高まっていった。やはり彼女も、指と舌で気を遣るのと、一つになるのは別物のようだ。

彼女は何度かグリグリと股間を擦りつけて味わい、動くたびに逞しい腹の筋肉が躍動した。

すぐに彼女は身を重ね、三吉も下から両手を回してしがみついた。何しろ綾芽が大柄なので、彼が下になると全身が覆《おお》われて隠れてしまうようだった。

やがて綾芽が、緩《ゆる》やかに腰を遣いはじめた。

「アア……、感じる……」

彼女が喘ぎ、ぎこちなかった律動が次第に調子をつけ、大量に溢れる淫水が動きを滑らかにさせていった。

ふぐりまで生温かなヌメリにまみれさせながら、徐々に三吉も股間を突き上げはじめた。

すると綾芽が上からピッタリと唇を重ねてきた。

三吉は柔らかな唇を受け止め、スルッと潜り込んだ舌を吸い、注がれる唾液でうっとりと喉を潤した。

熱い息は濃く甘い匂いを含み、その刺激に股間の突き上げに勢いがついた。

「ああッ……、い、いく……！」

たちまち綾芽が口を離し、淫《みだ》らに唾液の糸を引きながら喘いだ。するとガクンガクンと狂おしい痙攣《けいれん》が始まり、膣内の収縮も高まった。

「き、気持ちいいッ……！」

彼女が声を絞《しぼ》り出すと同時に、三吉も昇り詰め、ありったけの熱い精汁をドクドクと内部にほとばしらせてしまった。

「あ、熱い……、もっと……！」

噴出を感じ、駄目押しの快感を得た綾芽が言い、膣内は飲み込むような収縮を繰り返した。

三吉は組み伏せられながら、心ゆくまで快感を味わい、最後の一滴まで出し尽くした。そして徐々に突き上げを弱め、力を抜いていくと、

「アア……、良かった。溶けてしまいそう……」

綾芽も満足げに声を洩らし、強ばりを解いてグッタリと体重を預けてきた。

まだ膣内の収縮は続き、刺激されるたびヒクヒクと幹が中で過敏に跳ね上がった。

「も、もういい……、動かないで……」

綾芽が言い、三吉は美女の甘い息を嗅ぎながら快感の余韻を味わった。

しばし重なったまま荒い呼吸を繰り返すと、彼女が腰を引き離し、ゴロリと横になった。三吉は起き上がって懐紙で互いの股間を処理し、掻巻《かいまき》を掛けて一緒に肌をくっつけて寝た。

「昼間は、男を知って思い残すことはないと思ったが、情交というのは、すればするほど、またしたくなるものなのだな……」

綾芽は呟くように囁き、やがて精根尽き果てたように、軽やかな寝息を立てはじめた。そして三吉も、さすがに疲れていたのだろう。すぐにも深い睡《ねむ》りに落ちていったのだった……。

第二章　江戸の娘は果実の匂い

一

（そうか。ここは城の中か……）

目を覚まし、暗い部屋に目が慣れてくると、三吉は思った。遠くの寺から、明け七つ（午前四時頃）の鐘の音が聞こえてきた。

隣に、綾芽の姿はない。

とにかく起き上がり、全裸のまま寝たので下帯と寝巻を着けた。

すると、見計らったように昨夜の老女中が入ってきて、雨戸を開け布団《ふとん》を畳《たた》んでくれた。

「どうぞ、厨《くりや》の方へ。厠《かわや》はその手前です」

「はい。では」

三吉は答え、辞儀をして部屋を出た。

彼は途中の厠で用を足し、厨に向かうと、別の女中が出てきて、手拭《てぬぐ》いと房楊枝《ふさようじ》を渡してくれた。

とにかく厨の外に出て歯を磨き、顔を洗った。外とはいえ、見えるのは目の前にある城壁だけの狭《せま》い庭である。

そして厨で、飯と煮物、蜆《しじみ》の味噌汁《みそしる》で朝餉《あさげ》を済ませた。厨は、一行の出立のための握り飯作りで大童《おおわらわ》だ。綾芽の姿は見えないので、どこかで身を清めてから、仕度《したく》をしているのだろう。

食事を済ませて部屋に戻ると、着物と袴《はかま》が揃《そろ》えられていた。これに着替えろというのだろう。

いったん全裸になって、真新しい下帯と襦袢《じゅばん》を着て、着物を着て帯を締めた。そして足袋《たび》を穿《は》くと、用意されていた軽衫《かるさん》袴を穿き、手甲と脚絆《きゃはん》を着けた。

着替えの下帯や手拭いの入った荷や竹筒、道中差しまで置かれていたので、彼はそれを腰に帯び、竹筒を腰に下げ、荷を斜めに背負った。

残るは草鞋《わらじ》だけなので、それを手にして立ち上がると、ちょうどそこへ旅支度を調《ととの》えた綾芽が入ってきた。

「おお、仕度が出来たか。そろそろ出立だぞ」

「はい。いつでも」

あらためて見惚《みと》れたように綾芽が言い、三吉も答えた。

綾芽も、昨日より煌《きら》びやかな男装だ。

さっき水でも浴びて全身綺麗《きれい》にしたのだろう。

右頬《ほお》の傷は痛々しいが、凜《りん》とした美貌《びぼう》を損ねることなく、かえって凄《すご》みのある美しさが醸《かも》し出されていた。

やがて綾芽は玄関へと向かい、三吉は勝手口で草鞋を履《は》き、紐《ひも》をきっちり締めてから、聞いた通り外を回って大門へと行った。

そこで順々に昼餉用の包みをもらい、懐中に入れた。出来たての握り飯の温《ぬく》もりが肌に心地よく沁《し》み込んできた。

旅支度の一行は、若い藩士が十人ほど。中間《ちゅうげん》や小者が同じぐらいの数。大名行列としては小規模であるが、岸根の領地は貧しいので、それほどの数は揃えられないようだった。

やがて藩主、義正が出てきて乗り物に向かい、一行は深々と頭を下げた。

上目遣いにそっと窺《うかが》うと、なるほど双子だけあり義安に瓜《うり》二つだが、凶悪さがなく実に穏《おだ》やかな顔つきをしていた。

義正が豪華な乗り物に入ると、前後二人ずつの陸尺《ろくしゃく》が担ぎ上げ、残る家臣や陣内たちに見送られ、一行は出立した。

「私は警護役だから、本陣宿での勝手は利《き》かぬ。今宵《こよい》は雑魚寝《ざこね》で辛抱するのだぞ」

「も、もちろんです……」

歩きながら綾芽が顔を寄せて囁《ささや》くと、三吉は花粉臭の吐息を感じながら答えた。

行列が進むと、里の人々が平伏して一行を見送った。中には庄屋や、三吉の見知った顔もある。

しかし、よもや彼らは三吉が行列に紛《まぎ》れ込んでいるなどとは夢にも思うまい。もらった着物を着て、顔も髷《まげ》もこざっぱりとしているから、仮に彼の顔を見たところで三吉とは分からないだろう。

本来なら、行列に行き会った三吉が平伏しなければならないところだが、人々が頭を下げた間を進むことになろうとは、人の定めとは分からないものだと思った。

やがて一行は、領地を出て日光《にっこう》街道に出た。

むろん三吉は、故郷の山里を出るのは生まれて初めてである。

山間《やまあい》を抜けると、桜の蕾《つぼみ》もだいぶ脹《ふく》らんでいた。恐らく江戸では、すでに咲きはじめていることだろう。

北関東にある岸根藩から江戸は、それほど遠くない。今宵、越谷《こしがや》の本陣宿に泊まれば、明夕には日本橋《にほんばし》に着くだろう。

元より山育ちの三吉は、小柄だが健脚で、武士たちに後れを取るようなこともなかった。

幸手《さって》で昼餉を摂り、小川があれば竹筒の水を補充し、晴れた春の陽射しを浴びながら一行は難なく進んだ。すでに数日前から先駆けが本陣宿は確保してある。

三吉はしんがりの組に入り、綾芽は乗り物の近くだから、休憩のとき以外は話すことも出来なかった。

そして杉戸《すぎと》を越え、粕壁《かすかべ》に差し掛かろうかという頃合いの林道で異変が起きた。

（え？　あれは……）

三吉は、右側の斜面から数人の男が見下ろしているのを見かけた。

彼は山育ちで目ざといし、鳥獣に比べれば、人は遥《はる》かに大きく身の隠し方も下手である。

しかも三吉は人並み外れた視力で、連中が弓に矢をつがえているのを認めた。

いち早く彼はしんがりから駆け出し、義正の乗り物に近づいた。恐らく連中は、最も大柄で強そうな警護役の綾芽を狙《ねら》っているだろう。

「どうした、三吉！」

「賊が矢を」

「なに！」

彼の言葉に綾芽が土手を振り仰いだそこへ、第一の矢が飛来してきた。

気を込めれば、矢は実にゆっくりと見える。三吉は道中差しを抜き放ち、目の前で矢を叩き落とした。

「む、賊が来るぞ！」

それを見た綾芽が叫ぶと一行は騒然となり、陸尺たちは乗り物を物陰へと避難させ藩士たちも鯉口《こいぐち》を切ろうとした。

しかしみな焦《あせ》って、柄袋を外すのに手間取っていた。

その間に、矢継ぎ早に矢が飛来。それを三吉は素早く右に左に動いては悉《ことごと》く叩き落とした。

と、そのとき、パーンと銃声が響いた。

（何処《どこ》だ……！）

三吉は目を凝《こ》らして火縄銃の銃口を認め、弾丸が飛来してくる方向へと素早く移動した。

丸く黒い弾丸が、ゆっくりと義正の乗り物に向かっている。

三吉は駆け寄り、道中差しを身構えた。

刃で受けると折れるかも知れないが、この鍔《つば》なら頑丈そうなので、彼は青眼《せいがん》に構えて鍔の表面で弾丸を受け止めた。

キーン！

と金属音が響くとともに火花が散った。

「三吉、大丈夫か！」

綾芽が怒鳴ったが、もちろん彼は無事である。

やがて賊たちは矢も弾丸も尽《つ》きたか、斜面を駆け下りてきた。行列が少人数なので、金目のものを奪おうというのだろう。連中は十人余りだが、みな大柄で屈強そうだった。

ようやく藩士たちも抜刀したが、前に出たのは綾芽と三吉だ。

他の連中は、実戦経験などなく、ただ髭面の大男たちに圧倒されてオロオロするばかりである。

三吉は迫り来る剛刀を間一髪で避《さ》けては、相手の利き腕に斬りつけた。

「こ、この小僧……！」

小柄で弱そうと思って迫り来る連中が、みな順々に手首や指を斬られて呻《うめ》いた。綾芽も、鬼神のように強かった。昨夜死ぬつもりだったし、主君の弟まで手にかけたのだから覚悟が違う。

綾芽の切っ先が容赦なく連中の喉笛《のどぶえ》や胸板を貫くと、彼らは血を噴《ふ》いてバタバタと倒れた。

最後に火縄銃を持った男の脳天を割り、綾芽が周囲を見回した。

「三吉、なぜとどめを刺さぬ。また他所で悪いことをする連中だ。まして手薄の領地が狙われては一大事」

綾芽は言い、三吉が傷つけて呻いている連中も順々に屠《ほふ》っていった。

たちまち十数人の賊は、三吉と綾芽の活躍によって全滅した。

「殿、お怪我《けが》は……」

綾芽が駆け寄ると、義正も乗り物から出て惨状を見た。

「ああ、大事ない。この者は、そなたの従者と聞いているが」

「はい。我が身を楯《たて》に、乗り物を守りました。ここに銃弾が」

綾芽は言い、三吉の道中差しを取って鍔の傷を見せた。

「こ、このような短い刀で、矢や弾丸を受け止めるとは……」

義正は目を丸くして言い、周囲の藩士たちも感嘆していた。

「名は」

「は、三吉と申します……」

三吉は膝《ひざ》を突き、深々と頭を下げながら答えた。

「殿。次の宿場で役人に言づて、死骸《しがい》を片付けさせましょう。さあ乗り物へ」

綾芽が言うと、義正も素直に乗り物に戻り、一行は旅を進めた。

難なく行列が歩みを取り戻したが、藩士たちは畏《おそ》れと尊敬の眼差《まなざ》しを三吉に向けはじめたのであった。

二

「なぜ、あのように素早く動けるのだ……」

湯殿で、綾芽が入ってきて三吉に聞いた。

越谷の本陣宿である。

一行は順々に風呂を使い、三吉が最後かと思ったが、女である綾芽も最後に一緒に入ってきてしまったのだった。

どうせ義正をはじめ、藩士たちも高いびきであろう。

「矢も弾丸も、気を込めるとゆっくり見えるのです。そのくせ私の動きは変わらないので、避けることが出来ます」

「ふうん……、ならば私より強いかも知れぬ……」

綾芽は言い、それで話を終えると、すぐにも三吉に肌を寄せてきた。真似《まね》しようにも出来ない特別な力ならば、これ以上話しても仕方がないと思い、それに僅《わず》かの逢瀬《おうせ》で淫気も高まったのだろう。

「お背中をお流し致します……、いや、洗う前に、少しだけ……」

三吉も激しく勃起しながら言い、湯に濡《ぬ》らす前に綾芽の腋《わき》の下に顔を埋《うず》め、汗に湿《しめ》った腋毛に籠《こ》もる、濃厚に甘ったるい匂いを貪《むさぼ》った。

「あう……、汗臭いのが好きなのか……」

「いえ、綾芽様の匂いが好きなのです」

「そんな、可愛《かわ》ゆいことを……」

言うと綾芽も、きつく彼の顔を腋に抱きすくめてくれた。

三吉も充分に濃い体臭を嗅いでから、色づいた乳首を吸い、目の前に彼女を立たせて股間に顔を埋めた。

茂みにも汗の匂いが濃く沁み付き、ゆばりの匂いも悩ましく入り交じって鼻腔《びこう》を刺激してきた。

三吉は何度も深呼吸して匂いを貪り、濡れはじめた割れ目に舌を這《は》わせた。

膣口の襞《ひだ》を搔《か》き回し、オサネまで舐《な》め上げると、

「アア……」

綾芽が熱く喘《あえ》ぎ、ガクガクと膝を震わせながら両手で三吉の頭を股間に押しつけてきた。

彼も執拗《しつよう》にオサネを吸い、溢《あふ》れる淡《あわ》い酸味のヌメリを味わった。

「どうか、お尻も……」

口を離して言うと、綾芽も素直に後ろを向き、風呂桶《ふろおけ》に両手を突いて屈《かが》み、座っている彼の顔に白い尻を突き出してきた。

三吉は両の親指でムッチリと双丘を広げ、谷間にひっそり閉じられた蕾に鼻を埋め込んだ。やはり汗の匂いとともに、秘めやかな微香も生々しく籠もり、彼は充分に嗅《か》いでから舐め回した。

もちろん内部にもヌルッと潜《もぐ》り込ませて粘膜を味わうと、

「く……、駄目《だめ》……」

綾芽が呻き、クネクネと色っぽく尻を動かしながら、肛門でキュッキュッと彼の舌先を締め付けてきた。

さらに彼女はグイグイと尻で彼の顔を押しやって、いつしか簀《す》の子《こ》に仰向《あおむ》けにさせた。そして綾芽は屈み込んで、女上位の二つ巴《どもえ》になり、勃起している一物にしゃぶり付いてきたのだ。

三吉は、温かく濡れた美女の口に深々と含まれ、快感に喘ぎながら彼女の前も後ろも存分に舐めた。

「ンン……」

綾芽も喉《のど》の奥まで呑《の》み込んで呻き、吸い付きながらスポンと口を引き離した。そして身を起こして向き直り、一物に跨《また》がってきたのだ。

先端を膣口に受け入れ、味わうようにゆっくり腰を沈め、完全に座り込んで股間を密着させてきた。

「アア……、いい……！」

根元まで受け入れながら綾芽が喘ぎ、彼の胸に両手を突っ張り、最初から激しく腰を動かしはじめた。三吉も肉襞の摩擦とヌメリに包まれ、急激に絶頂を迫らせてしまった。

やがて彼女は上体を起こしていられなくなったように身を重ね、三吉も両手で抱き留めた。

「綾芽様……、唾《つば》が飲みたい……」

下からせがむと、彼女も顔を寄せ、形良い口をすぼめた。そして白っぽく小泡の多い唾液をトロトロと吐き出してくれた。

三吉は舌に受け止めて味わい、飲み込んでうっとりと喉を潤《うるお》した。

綾芽も、粘《ねば》つく唾液の糸をたぐるように、そのままピッタリと唇を重ねてきた。

そしてチロチロと舌をからめながら、ことさらに大量の唾液を口移しに注《そそ》いでくれたのだ。

三吉は滑《なめ》らかに蠢《うごめ》く舌の感触と、生温かな唾液を味わいながらズンズンと股間を突き上げはじめた。

「ンン……」

綾芽も呻き、腰の動きを激しくさせていった。

三吉は美女の唾液を飲み込み、甘い刺激の息を嗅ぎながら、とうとう昇り詰めてしまった。

「く……！」

突き上がる快感に呻き、熱い大量の精汁を勢いよく内部に放つと、

「ああ……、気持ちいい、もっと……、アアーッ……！」

噴出を受け止めた綾芽も声を上ずらせ、そのままガクンガクンと絶頂の痙攣《けいれん》を起こし、完全に気を遣《や》ってしまった。

膣内の収縮も最高潮になり、三吉は心地よい摩擦のなか心置きなく最後の一滴まで出し尽くしていった。

すっかり満足しながら徐々に突き上げを弱めていくと、彼女も引き締まった肌の強《こわ》ばりを解き、グッタリと力を抜いてもたれかかってきた。

三吉はヒクヒクと幹を震わせ、キュッと締め付けられるたび駄目押しの快感に肛門を引き締めた。

そして喘ぐ綾芽の口に鼻を押しつけ、かぐわしい女の吐息を胸いっぱいに嗅ぎながら、うっとりと快感の余韻《よいん》を嚙《か》み締めたのだった……。

――翌朝、一行が朝餉を済ませて出立する前に、地元の役人が本陣宿に来て、賊退治の礼を言った。

やはり江戸へ向かう旅人を襲い、役人も手を焼いていた連中だったらしい。

義正は出立のとき三吉に、綾芽とともに乗り物周辺の警護をするよう命じた。

「すごいじゃないか、三吉。殿に目をかけられるとはな」

外に出ると、藩士たちが手放しで彼を賞賛してくれた。

自分たちが不甲斐《ふがい》なく、ろくな働きも出来なかったので、特に三吉を妬《ねた》むものもいないようだった。それに三吉がいなければ、義正が無事だったという保証もないことを、みな承知しているのだ。

とにかく三吉は、綾芽とともに乗り物の前後を歩いて江戸へ向かった。

もう何事もなく草加《そうか》に着いて昼餉、さらに千住《せんじゅ》を越えると、町々も賑《にぎ》やかになり人通りも多くなってきた。

そして日が傾《かたむ》く頃に日本橋に着き、一行は神田《かんだ》にある藩邸へと入った。

(すごい……)

三吉は、日本橋界隈《かいわい》の賑やかさに目を見張ったものだった。店々が軒《のき》を連ね、行き交う人も祭以上に賑わい、林立する芝居や相撲《すもう》の幟《のぼり》の色とりどりの鮮《あざ》やかさが目に焼き付いた。

そして藩邸も大きく、今度は三吉も裏口ではなく、表門から堂々と中に入ることが出来たのである。

まずは旅の荷を解いてから、一行は大広間に集まって義正より労をねぎらう言葉を頂いた。そして江戸家老の挨拶《あいさつ》があって解散。また順番に湯殿を使ってから、夕餉となった。

その間に、三吉は部屋をあてがわれた。

厨に近い、奉公人用の三畳間で、布団と行燈《あんどん》以外何もなかった。それでも屋敷を囲う侍長屋より、堅苦しくなくて良かった。

さすがに藩邸となると、綾芽も簡単には彼の部屋を訪ねるようなこともなかった。

他の藩士は、何度か江戸と国許を往復していたようだが、さすがに国家老の娘である綾芽《あや》は、初めての江戸らしい。

やはり国許で義安を殺めたため、少しの間は遠く離れた方が良いという義正の配慮だったのだろう。

やがて風呂が空いたので、三吉の順番となって汗を流し、着替えた。

そして大広間での夕餉となり、末席に座した三吉にも少量の酒が出た。

さすがに疲れたか、義正は早めに退出し、藩士たちも各々の部屋へと戻った。

三吉も自分の部屋に戻り、寝巻に着替えて横になった。もちろん綾芽が来ることはない。

（これから、どうなるんだろう……）

三吉は、何とも慌《あわ》ただしい日々を振り返って思った。山から里に下りようとしたときから、実に目まぐるしく運命が変転していた。

まさか、僅かの間に江戸にまで来ようとは思わなかったものだ。

まあ、あとはまた明日考えようと思い、いつしか三吉は深い睡《ねむ》りに落ちていったのだった……。

三

「お手伝いします。三吉です。よろしくお願いします」

翌朝、井戸端で顔を洗った彼はすぐ厨へ行き、皆に挨拶した。手伝えることといえば、掃除か炊事ぐらいのものだ。

そこはもちろん女たちばかりで、初老の女中頭と、あとは住み込みや通いの奉公人たちだった。

中に、十七になる可憐《かれん》な町娘がいて、名を鶴《つる》と言った。

「お手伝いなんかいいです。藩士の方ですか？」

「いや、武士じゃないんだ。国許で鳥や獣を捕っていたんだけど、綾芽様の従者になって一緒に江戸へ」

「そうですか」

綾芽様と言っても、鶴はそれが誰だか分からないように答えた。八重歯《やえば》と笑窪《えくぼ》が愛らしく、清らかな頬は桃の実のように産毛《うぶげ》が輝いていた。

話では、近くの米問屋から奉公に来ているらしい。町家の娘は武家に奉公すると、嫁入りのときに箔《はく》がつくようだった。

とにかく三吉は、みなの邪魔にならない程度に手伝い、野菜を洗ったり竈《かまど》に薪《まき》をくべたりした。

そして義正や江戸家老、藩の重臣たちの朝餉の仕度が調うと女たちは折敷《おしき》に載せて各部屋へと運び、藩士たちの分も出来た。下級藩士は厨に来て食事をし、三吉も片隅で済ませた。

少し休憩してから洗い物を手伝っていると、やがて藩邸の庭の方が騒がしくなってきた。

「何だろう」

三吉が様子を見に行くと、鶴も一緒になって来た。

すると江戸育ちの藩士と、国許から来た藩士たちが刺し子の稽古《けいこ》着姿で整列していた。みな手には袋竹刀《しない》、つまりササラになった竹を布で包んだ得物を持っていた。

「剣術の稽古だわ。私、あの人嫌い……」

鶴が囁《ささや》いた。

見ると、真ん中で偉そうに立っている三十前後の男が指南役らしい。総髪だから、三吉のように藩士ではないらしい。

「食客です。仕官を望んでいる浪人ですが、剣術自慢でご家老に気に入られて、威張《いば》り散らしているんですよ。名前は、坂下重五郎《さかしたじゅうごろう》」

鶴が囁いた。ほんのりと甘酸《あまず》っぱい息の匂いを感じ、三吉は思わず股間を熱くさせてしまった。

「では、藩邸とお国許の腕を競い合って頂きたい」

重五郎が言い、一同に緊張が走った。江戸藩邸も国許も、双方に面目があろうし、まして縁側からは義正まで見ているのだ。

むろん国許側には、綾芽の姿もあったが、さすがに彼女は実戦を経験しているので落ち着きがあった。

縁側にいる藩主義正の傍《かたわ》らに、二十歳前の可憐な姫君の姿があった。

「あれは？」

「夢香《ゆめか》様です。ご先代の側室の姫様」

訊《き》くと、鶴が答えた。どうやら夢香は、義正とは腹違いの妹らしい。

と、試合が始まった。双方とも、七、八人である。

袋竹刀を構え、互いに緊張して見合うばかり、なかなか間合いが詰まらない。

この泰平の世、江戸育ちの細腕侍と同じぐらい、国許の方も頼りない感じであり、実に釣り合いの取れた対戦ではあった。

ようやく数合打ち合い、小手がかすっただけで重五郎は一本とした。

別に江戸藩士に依怙贔屓《えこひいき》したわけではなく、これ以上やらせても埒《らち》があかぬと思ったのだろう。

「次！」

重五郎が言い、藩士が入れ替わって対戦したが、これも似たようなもので、良く言えば同程度の技量。悪く言えば藩主の前で緊張しすぎ。ただでさえ大した力もないのに、その半分すら出せない状態だった。

やがて順々に、一本取ったり取られたり、ほぼ引き分けの状況で藩士たちの対戦が終わった。

「では、最後にそれがしが」

重五郎が襷を掛け、得物を手に前に出てきた。

「お国許の剣術指南役は、国家老のご息女と承《うけたまわ》っております。私は坂下重五郎」

彼が胸を張って言った。

綾芽以上の長身だが、痩《や》せて暗い目をしている。

ここで江戸入りしたばかりの義正の前で良いところを見せれば、藩士に取り立ててもらい、さらにあわよくば夢香まで手に入れられるかも知れないと思っているのではないか。

それほど、野心に溢れた物腰であった。

しかし尊大な物言いにも動じることなく、綾芽も袋竹刀を手に前に出た。

「春日綾芽。いざ」

綾芽は静かに答え、一礼して青眼に構えた。

重五郎も礼を交わし、切っ先を真上に大上段。一同は呼吸すら忘れ、まるで真剣による勝負のように固唾《かたず》を呑んで見守った。

すぐに重五郎が動いた。

手こずったと思われないために、長引かせない肚《はら》のようだ。

「エヤッ……！」

裂帛《れっぱく》の気合いを発して重五郎が打ちかかってきた。

しかし偉丈夫の割りに技は豪快とは言えず、振り下ろすと見せかけて切っ先は弧を描き、実に狡猾《こうかつ》な動きをした。

だが見るものによっては神技の手練《てだ》れに思えたかも知れない。そして実戦ならば、こうした技の方が効果的であろう。

要するに、手段を選ばず勝つための技であり、重五郎もそれなりに実戦を体験してきたのかも知れない。

「あッ……！」

目くらましのような動きに戸惑ううち、身を沈めた重五郎の物打ちが下から綾芽の小手を打っていた。

綾芽は声を洩《も》らし、ガラリと得物を取り落とした。

「参った……」

彼女は唇を噛み、得物を拾って下がり、一礼をした。

「女の身なれば無理もない。お気になさらずに」

重五郎が勝ち誇って言い、一礼して下がった。

「三吉はいるか。お前が相手をせい！」

と、いきなり縁側から義正が言った。

「は……」

呼ばれて答えると、隣に身を寄せていた鶴がビクリと身じろいで彼を見た。

「おお、まだ居られたか」

重五郎が言い、出てきた三吉を見て眉《まゆ》をひそめた。あまりに小柄で、しかも総髪だから藩士ではなく、武士でもなさそうだ。

だが重五郎自身も正式な藩士ではないし、義正の言いつけだから逆らうわけにもいかなかった。

「ではお相手を」

得物を構えて言うので、三吉も綾芽の袋竹刀を借りて一礼した。

「岸根領内、三吉と申します」

「さあ参られよ」

三吉が言うと、重五郎は再び威圧するような大上段に構えた。

三吉は、見様見真似で切っ先を相手に向け、動きやすいよう腰を落とした。

「何だ、その構えは」

彼の屁《へ》っ放《ぴ》り腰を見て重五郎が呟《つぶや》き、小細工も必要なかろうといきなり打ちかかってきた。

しかし三吉が気を込めて目を凝らせば、その動きは蝸牛《かたつむり》のようにゆっくりしたものだ。間一髪まで引き寄せて身を躱《かわ》し、軽く小手を打った。

「う……！　あ、浅い！」

重五郎が目を見張り、憤怒《ふんぬ》の形相《ぎようそう》で言った。あとは遮二無二《しやにむに》攻撃を続けてきたが、悉く空を切り、そのたびに三吉の物打ちが彼の小手や肩、脾腹《ひばら》にポンポンと当たっているのである。

一同は声もなく、義正も夢香姫も目を丸くして三吉の素早い動きを追っていた。

「おのれ、なぶるか」

重五郎は完全に逆上し、激しい突きを見舞ってきた。

それを跳《は》ね上げ、三吉も負けを認めさせるため初めて強く胴を打っていた。

「むぐ……」

重五郎は呻いて膝を突き、手を離れた得物が縁側の方に飛んだ。

三吉はいち早く駆け寄り、勢いよく飛んだ袋竹刀が義正や夢香の方に当たる前に叩き落としていた。

袋竹刀が、へたり込んでいる重五郎の方へと転がっていった。

「み、見事……！」

義正が息を呑んで言い、何と夢香が笑顔で拍手したのである。

それに倣《なら》い、国許の藩士たちも数人手を打ち鳴らし、三吉は気恥ずかしい思いで下がり、一礼したのだった。

四

「すごかったわ。あの嫌な人を打ち負かしたんですもの……」

鶴が、頬を紅潮させ、熱っぽい眼差しを三吉に向けた。

彼の部屋である。

あれから一同は、重五郎が不貞腐《ふてくさ》れたように部屋に引っ込むと、案外和気藹々《あいあい》と藩邸側と国許側が稽古をした。

鶴は、今日は家へ帰る日なので昼餉の仕度もしなくて済み、もっと三吉と話していたそうなので、こっそり部屋に誘ったのである。

三吉は、初めて接する江戸娘の可憐さに陶然《とうぜん》となっていた。

「ううん、山育ちですばしこいだけだよ。それより、お鶴ちゃん、そろそろ家へ帰らなくていいの?」

「ええ、大丈夫。年中帰っているから、少しぐらい遅くなっても……」

「じゃ、こうしていい?」

三吉は顔を寄せ、うっとりしている鶴の頬に手を当てて押さえ、そっと唇を重ねてしまった。

「う……」

鶴は小さく声を洩らしたが、まるで三吉の淫《みだ》らな術中に陥《おちい》っているように拒《こば》みはせず、むしろ力を抜いて身を預けてきた。

美少女の唇はぷっくりとし、桜ん坊のような弾力が感じられた。そして唾液の湿り気とともに、彼女の吐き出す息が熱く湿り気を含み、甘酸っぱい匂いが鼻腔を悩ましく刺激してきた。

鶴も長い睫毛《まつげ》を伏せ、微《かす》かに息を震わせながら唇を押しつけてくれた。

舌を挿《さ》し入れ、唇の内側を舐め、滑らかな歯並びを左右にたどった。さらに引き締まった桃色の歯茎まで舐め回すと、鶴がくすぐったそうに身じろぎ、ようやく歯を開いて侵入を受け入れた。

口の中は、さらに濃厚な果実臭が籠もり、舌を舐め回すと生温かな唾液のヌメリと滑らかな感触が伝わってきた。

次第に鶴もチロチロと舌を蠢《うごめ》かし、探ってくるようになった。

三吉は美少女の唾液と吐息に酔いしれながら、そろそろと裾《すそ》から手を差し入れ、ムッチリとした内腿《うちもも》を撫《な》で上げていった。

しきりに閉じようとするのをこじ開け、ようやく奥まで達すると柔《やわ》らかな茂みに触れ、可愛い割れ目を探ると、次第にヌラヌラと潤ってきたようだ。

「あん……、駄目、恥ずかしいわ……」

鶴が唇を引き離し、消え入りそうな声で言った。頬が上気し、可憐な耳たぶまで真《ま》っ赤《か》になっていた。

「口吸いしたの初めて?」

囁くと、鶴が小さくこっくりした。

どうやら、正真正銘の生娘《きむすめ》のようだ。綾芽も生娘であったが、二十代半《なか》ばで大柄な綾芽と、可憐な鶴では全く趣《おもむき》が異なる。

「ね、ここに寝て……」

三吉は興奮に胸を高鳴らせながら、鶴を布団に横たえた。

彼女も、すっかり力が抜けて言いなりになり、三吉は裾をめくり、股間に腹這いになった。

両膝の間に顔を割り込ませ、滑らかな内腿に舌を這わせた。

健康的な張りと弾力が実に艶《なま》めかしく、さすがに綾芽の引き締まった太腿とは違っていた。

そして大股開きにさせ、完全に裾を開くと、生娘の陰戸《はと》が丸見えになった。

ぷっくりした股間の丘には、楚々《そそ》とした若草が恥ずかしげに淡《あわ》く煙《けむ》り、丸みを帯びた割れ目からは薄桃色の花びらがはみ出していた。

そっと指を当てて左右に広げると、

「アア……、見ないで、恥ずかしい……」

触れられた鶴がか細く言ったが、朦朧《もうろう》として脚を閉じることも出来なくなっているようだ。

陰唇の内部は、意外なほどヌメヌメと潤う柔肉で、無垢《むく》な膣口も可憐な襞を入り組ませて息づいていた。尿口も確認でき、包皮の下からは、綾芽よりもずっと小粒のオサネが顔を覗《のぞ》かせていた。

三吉は我慢できず、熱気と湿り気の籠もる股間に顔を埋め込んでいった。

柔らかな若草に鼻を擦《こす》りつけると、生ぬるく甘ったるい汗の匂いと、ほのかな残尿臭が入り交じり、悩ましく鼻腔を刺激してきた。

彼は何度も吸い込んで胸を満たしながら舌を這わせ、陰唇の表面から内部に挿し入れていった。

ゆばりの味わいに混じり、淡い酸味の蜜汁が舌の蠢きを滑らかにさせ、彼は無垢な膣口の襞をクチュクチュ掻き回し、オサネまで舐め上げていった。

「ああッ……！」

鶴が声を洩らし、内腿でキュッときつく彼の両頬を挟《はさ》み付けてきた。

チロチロと執拗にオサネを舐めるたび、清らかな蜜汁の量が増してきた。

あるいは春本にあったように、鶴は自分でいじって心地よくなる習慣を持っていたのではないだろうかと思った。

さらに彼は脚を浮かせ、白く形良い尻の谷間に鼻を埋め込んでいった。

可憐な薄桃色の蕾がひっそり閉じられ、三吉は秘めやかな微香を嗅いでから舌先でチロチロとくすぐり、ヌルッと潜り込ませた。

「く……」

鶴が息を詰めて呻き、キュッと肛門で舌先を締め付けてきた。

三吉は滑らかな粘膜を味わい、再び舌をオサネに戻して吸い付き、新たに溢れた淫水もすすった。

さらに濡れた膣口に指を挿し入れ、小刻みに内壁を擦りながらオサネを舐めると、

「あうう……、も、もう駄目……」

鶴は言い、ヒクヒクと下腹を波打たせて悶《もだ》えた。どうやら綾芽のように、舌と指で気を遣ってしまったようだ。

彼女がグッタリとなると、三吉は自分も帯を解いて着物と下帯を脱ぎ、ニョッキリとした瑞々《みずみず》しい脚を舐め下りていった。

足首まで舌を這わせ、足裏に顔を押しつけて舐め回し、縮こまった指の間にも鼻を割り込ませて嗅いだ。

やはりそこは汗と脂《あぶら》に湿り、ムレムレになった匂いが可愛らしく籠もっていた。

三吉は美少女の足の匂いを貪り、爪先《つまさき》にしゃぶり付いて順々に指の間に舌を挿し入れていった。

もう片方も味と匂いを堪能し、指の股を味わい尽くすと、

「アア……」

放心していた鶴が、徐々に我に返ったように再び声を洩らした。

三吉は足から離れ、彼女の帯を解いてシュルシュルと抜き取っていった。

そして紐を解いて着物と襦袢の前を開くと、内に籠もっていた熱気が解放され、甘ったるい汗の匂いを含んで揺らめいた。

乳房は綾芽より豊かで、実に柔らかな膨《ふく》らみを持っていた。

乳首と乳輪は初々しい薄桃色で、彼は吸い寄せられるように屈み込み、チュッと含んだ。

舌で転がし、強く吸うと、

「あう……、痛いわ……」

鶴がか細く言った。

やはり痛みに強い綾芽と違い、生娘は僅かの刺激にも敏感なのだろう。

三吉は吸引を弱め、もう片方も含んで舐め回した。

さらに乱れた襦袢の中に顔を潜り込ませ、腋の下にも鼻を押しつけた。汗に湿った和毛《にこげ》には、やはり甘ったるい体臭が馥郁《ふくいく》と籠もり、三吉は胸の奥まで溶けてしまいそうになった。

「ね、こうして……」

やがて美少女の匂いを貪った彼は添い寝し、鶴の手を取り一物に導いた。

彼女もそろそろと肉棒に触れ、汗ばんで生温かな手のひらに包み込み、好奇心にニギニギと動かしてくれた。

「ああ、気持ちいい……」

三吉がうっとりと喘ぐと、鶴も愛撫の手を強めてくれた。されるのは恥ずかしいのか、する方が気が楽なようだった。

やがて彼は完全に仰向けの受け身体勢になり、鶴の顔を股間へと押しやった。

彼女も素直に移動し、大股開きになった真ん中に腹這い、股間に顔を寄せてきてくれた。

「変な形……」

鶴が呟きながらも、愛しげに指を這わせてきた。

屹立《きつりつ》した幹や張りつめた亀頭を撫で、ふぐりもいじってくれた。三吉は、無垢な熱い視線と息を感じ、ヒクヒクと幹を震わせた。

「ね、嫌でなかったら、お口で可愛がって……」

「ええ……」

期待と興奮に息を詰めて言うと、鶴も答え、身を乗り出してきた。

幹を指で支え、舌を伸ばしてチロリと鈴口から滲《にじ》む粘液を舐め取った。

「アア……」

三吉が喘ぐと、彼女も特に不味《まず》くなかったのか、さらにチロチロと先端を舐め、張りつめた亀頭にもしゃぶり付いてくれた。

熱い息が股間に籠もって、無垢な舌が快感の中心に這い回り、彼は次第に絶頂を迫らせていったのだった。

五

「ね、ここも舐めて……」

ふぐりを指して言うと、鶴は舌を這わせ、二つの睾丸を転がし、袋全体を生温かく清らかな唾液にまみれさせてくれた。

「ここも、もう一度深く口に入れて」

言うと、鶴は先端を含み、そのままスッポリと喉の奥まで呑み込んできた。

三吉は、無垢で生温かな口の中に根元まで含まれ、うっとりと快感を嚙み締めた。

鶴も熱い鼻息で恥毛をそよがせながら、笑窪の浮かぶ頰をすぼめて吸い付き、内部ではクチュクチュと舌をからませてくれた。

「ああ……、気持ちいい……」

三吉は快感に喘ぎ、清らかな唾液にまみれた一物を鶴の口の中でヒクヒクと震わせて悶えた。

このまま果てて、無垢な鶴に飲んでもらうのも良いが、やはりここは一つになりたかった。

「も、もういい……」

言うと、鶴もスポンと口を引き離した。

「入れても良ければ、上から跨いで」

「私が上に？」

「うん、その方が勝手に動けるし、痛ければ止《よ》していいから」

三吉は、彼女の手を引きながら言った。すると鶴も、身を起こして一物に跨がってきた。

やはり十七ともなれば好奇心も旺盛で、手習いの仲間たちとも女同士で際《きわ》どい話題などが出ていたのだろう。そこは、やはり武家の女とは違っていた。

彼女は自らの唾液に濡れた先端に陰戸を押し当て、位置を定めると息を詰めてゆっくり腰を沈み込ませていった。

張りつめた亀頭が潜り込むと、あとはヌメリと重みのまま、ためらいなく彼女は座り込んできた。

一物は滑らかに、ヌルヌルッと肉襞の摩擦を受けながら根元まで入り、彼女も股間を密着させていった。

「アアッ……！」

鶴が微《かす》かに眉をひそめ、顔を仰《の》け反《ぞ》らせて喘いだ。

真下から短い杭《くい》に貫かれたように全身を凍り付かせ、熱く濡れた膣内でキュッときつく締め付けてきた。

じっとしていても、息づくような収縮が肉棒を包み込んだ。

「大丈夫？」

快感を味わいながら訊くと、鶴は奥歯を嚙み締めたまま、健気《はか》に小さくこっくりした。やはり歳がいって大柄で、痛みに強い綾芽とは違い、破瓜の痛みに包まれているようだ。

両手を伸ばして抱き寄せると、鶴もゆっくり身を重ねてきた。

肌の前面が密着すると、彼の胸で柔らかな乳房が押し潰れて弾《はず》み、恥毛が擦れ合って、コリコリする恥骨の感触まで股間に伝わってきた。

三吉は両手でしっかりと抱きすくめながら僅かに両膝を立て、内腿や尻の感触まで味わいながら、美少女の温もりを嚙み締めた。

下から、鶴の口に鼻を押しつけると、乾いた唾液の香りに混じり、また甘酸っぱい果実臭の息が鼻腔を満たしてきた。

もう我慢できず、三吉は美少女のかぐわしい息を嗅ぎながら、様子を探るようにズンズンと小刻みに股間を突き上げはじめた。

「ああ……」

鶴が熱く喘ぎ、さらに濃厚な果実臭の息を吐き出した。

「止そうか？」

「ううん、大丈夫……」

囁くと鶴が答え、ならば我慢せず早く済まそうと、三吉も次第に動きを速めていった。何しろヌメリは豊富だから、次第に動きが滑らかになり、クチュクチュと湿った摩擦音も聞こえてきた。

鶴も、徐々に痛みは麻痺《まひ》し、男と一つになった充足感を覚えはじめたか、突き上げに合わせて緩やかに腰を動かしてくれた。

三吉は、もう気遣いも忘れたように動きが止まらなくなってしまった。

「唾を出して……」

高まりに乗じて言うと、鶴も素直に愛らしい唇をすぼめ、白っぽく小泡の多い粘液をクチュッと垂《た》らしてくれた。

それを舌に受けながら唇を重ね、うっとりと喉を潤した。そして舌をからめ、滑らかな感触とヌメリを味わいながら動き続けると、溢れた蜜汁が彼のふぐりから肛門の方まで滴ってきた。

もう限界で、そのまま三吉は勢いをつけ、一気に昇り詰めてしまった。

「い、いく……！」

突き上がる大きな絶頂の快感に口走り、同時にありったけの熱い精汁がドクンドクンと勢いよく柔肉の奥にほとばしった。

「あ……」

噴出を感じたか、鶴がビクリと身を震わせて声を洩らした。

もちろん彼女の方は、気を遣るまでには至らないが、大きな嵐が過ぎ去ったことは悟《さと》ったようだ。

三吉は美少女の唾液と吐息を吸収しながら、心置きなく最後の一滴まで出し尽くしていった。

やがて、すっかり満足しながら徐々に突き上げを弱めていくと、

「アア……」

鶴も力尽きたように小さく声を洩らし、グッタリと彼にもたれかかってきた。

三吉は美少女の重みと温もりを受け止め、まだ息づくように収縮する内部で、ヒクヒクと過敏に幹を震わせた。

そして湿り気ある果実臭の息を胸いっぱいに嗅ぎながら、うっとりと快感の余韻を味わったのだった。

重なったまま呼吸を整えると、鶴がそろそろと股間を引き離し、ゴロリと横になっていった。

三吉は身を起こし、脱いだ着物の中から懐紙を取り出して手早く一物を拭き、鶴の股間に顔を潜り込ませた。陰唇が痛々しくめくれ、膣口から逆流する精汁に、うっすらと血の糸が混じっていた。

やはり綾芽と違い、僅かながら出血してしまったようだ。

彼はそっと懐紙を当てて優しく拭い、処理を終えた。

すると鶴も起き上がって、黙々と身繕《みづくろ》いをはじめた。三吉も下帯を着け、着物と袴を着けた。

「大丈夫かい？　家へ帰って気づかれるかな」

「平気です。でも、まだ中に何か入っているみたい……」

気遣って訊くと、鶴は裾と髪を直しながら微かな笑みを浮かべて答えた。傷ついたり後悔している様子もないので、三吉は安心したものだった。

「また、してもいい？」

「ええ……。じゃ、行きますね……」

言うと、鶴は羞《は》じらいながら答え、部屋を出た。三吉も一緒に出て、勝手口まで鶴を見送った。

三吉の部屋の周囲は人けもないので、誰かに気づかれた様子もなかった。

鶴はまた明日、奉公にやってくるだろう。

一人になると三吉は、綾芽のとき以上に、初めて無垢同士で情交したような気になった。

やはり綾芽は武士だし大人だったから、町娘で年下の鶴の方が気持ちもしっくりするのだろう。

もちろん綾芽は自分にとって初めての女として永遠に記憶に刻みつけられるだろうし、こうした運命の変転の切っ掛けだから感謝もしていた。

やがて少し部屋で過ごしてから、三吉は厨の片隅で昼餉を済ませ、また部屋に戻ろうとした。

すると、彼は綾芽に呼ばれたのだ。

「三吉、殿に拝謁《はいえつ》する」

「え……」

言われて、さすがに三吉も緊張に気を引き締めた。

「か、裃《かみしも》などお借りできるのでしょうか……」

「そのままで良いとのこと。さあ、こっちだ」

綾芽が先に廊下を進み、三吉も恐る恐る従った。

広い屋敷の中、何度か廊下を曲がりくねると、何と角からこっそりと夢香姫がこちらを覗いていた。

三吉と目が合うと、夢香はクスクス笑った。しかし彼が頭を下げようとする間もなく夢香は、かくれんぼのように顔を引っ込め、また裏を回って次の角で顔を覗かせたりしていた。

話では十九歳とのことだったが、どうやら天真爛漫《てんしんらんまん》らしく、しかも剣術の稽古を見たときから、すっかり三吉のことが気になっているようだった。

結った髪に簪《かんざし》が煌めき、気品のある切れ長の目に愛らしい小さな唇。

しかし絢爛《けんらん》たる着物の中には、意外なほど活発で健康的な肉体が秘められているようだった。

綾芽は、チョロチョロしている姫には目もくれず、やがて三吉を義正の待つ部屋へと案内したのだった。

第三章　無心な姫と堅物の侍女

一

「三吉、お前の素性は綾芽から聞いている」
義正が、気さくに笑みを浮かべて三吉に言った。
部屋にいるのは、あと綾芽だけだ。いや、襖《ふすま》の隙間《すきま》から夢香が様子を窺《うかが》っている
ようだが、義正は無視していた。
「身寄りはなく、山から下りてきた途中で綾芽と行き会ったようだな。余も、陣内と
相談のうえ苦渋の決意で弟を処断したが」
さすがに義正も、義安の話題となると顔を曇《くも》らせた。
「双子として同じ腹から生まれ、どちらが後先というだけで立場が大きく異なり、義
安の僻《ひが》みも分からぬではないが、あまりの暴虐が目立つゆえ致し方なかった。そんな
折にお前と出会うたのも何かの縁」

義正は正面から三吉を見つめた。

「いかがであろう。士分となり当藩に仕えぬか」

「え……、そ、それは、あまりに畏《おそ》れおおございますし、私にはまだお武家というものがどのようなものか……」

言われて、三吉は戸惑《とまど》いと混乱でしどろもどろになった。

「いや、じいとも相談したが、お前は綾芽が見込んだ男であるし、余が見ても人品賤《いや》しからず、不思議《ふしぎ》な気品がある」

義正は、相当に三吉を買いかぶってくれたようだ。

じいとは江戸家老、六十年配の春日弥一郎《やいちろう》である。国家老の陣内とは従兄弟《いとこ》同士になり、やはり綾芽の身内であった。

「しかし、仕官の順番なら、坂下様の方が先では……」

「あれは駄目《だめ》だ。剣の腕にじいが惚《ほ》れ込んだが、酒好きで自惚《うぬぼ》れが強いようだ。藩士には慕《した》われず、じいも食客としたことを悔《く》やんでいるので、お前の仕官を機に出て行ってもらうことにする」

義正は言う。

一目見て、重五郎のことを気に入らなかったのだろう。

「いかがであろう。お前が江戸で、他の生き様を見つけたいというのなら止めはせぬし、助けにもなってやろう。だが余は、お前にいてほしい。賊に襲われたときも、お前がいなければ余は命を落としたかも知れぬ」

義正が言うと、傍《かたわ》らの綾芽も頷《うなず》いて三吉を見た。

「他の道は考えておりません。承知致しました。仰《おお》せの通りに致します」

「おお、そうか」

三吉が深々と頭を下げて言うと、義正が笑顔で答え、綾芽も顔を輝かせた。

「ならば早々に誰かを付ける。気長に武士の仕来りなど覚えてくれ」

「は……」

三吉が答えると、どうやら襖の陰の夢香も快哉《かいさい》を叫んでいるような気配が伝わってきた。

すると義正が声をかけた。

「夢香。三吉に遊んでもらえ」

言うと襖が開き、ほんのり頰《ほお》を染めた夢香が入ってきて、三吉の手を握って引っ張ったのだ。

「話は終わりだ。相手をしてやってくれ」

義正に言われると、三吉も夢香に手を引っ張られながら平伏し、やがて立ち上がり部屋を出て行った。

「こっち」

夢香が言い、彼の手を引いて小走りに廊下を進んだ。

やがて奥の部屋に入ると、そこは床《とこ》が敷き延《の》べられ、甘ったるい匂いが生ぬるく籠《こ》もっていた。ここが姫の部屋なのだろう。

健康で闊達《かったつ》そうに見えるが、あるいは具合が良くなく、臥《ふ》せることも多いのかも知れない。

夢香は布団《ふとん》に座り、三吉もその正面に膝《ひざ》を突いた。

「顔を見せて、もっと近くで」

彼女が言い、両手を伸ばし、三吉の頬を挟《はさ》んで引き寄せた。

にじり寄ると、夢香は澄《す》んだ目で近々と彼の顔を見つめてきた。そして何と、驚いたことにそのまま唇を触れ合わせてきたのである。

「う……」

三吉は驚愕《きょうがく》に身じろいだが、夢香はピッタリと密着させ、なおも目を開いて彼の目の奥を見つめ続けていた。

柔《やわ》らかな感触が伝わり、熱く湿り気ある息が、鶴以上に甘酸《あまず》っぱく匂った。

その刺激が鼻腔《びこう》から胸に沁《し》み込み、さらに股間にまで伝わっていった。

いったい自分の運命は、どこまで変転するのだろうと心の片隅で思った。江戸へ来た翌日、姫君と口吸いをしているのである。

夢香は、無垢《むく》で無心な眼差《まなざ》しを注ぎながら息を弾《はず》ませ、ヌルッと舌を挿《さ》し入れてきた。三吉も、良いのだろうかと戦《おのの》きつつも歯を開き、チロチロと舌をからませてしまった。

生温かな唾液に濡《ぬ》れた舌が、ネットリと滑《なめ》らかに蠢《うごめ》き、次第に夢香の熱い呼吸が荒くなっていった。

すると、夢香が舌を蠢かせながら、何と片方の手を裾《すそ》の中に入れ、微妙に動かしはじめたではないか。どうやら、自分で陰戸《ほと》を探り、オサネでも擦《こす》っているようなのである。

やがて夢香は、片方の腕で彼の顔を押さえたまま、ゆっくりと仰向《あおむ》けになっていった。三吉も上から唇を重ね、姫君の唾液と吐息にうっとりと酔いしれながら激しく勃起してしまった。

「ああ……、いい気持ち……」

ようやく息苦しそうに夢香が唇を離し、熱く喘《あえ》いだ。

「ね、ここ、いじって……」

と、夢香が自らの股間を指して言うので、三吉も興奮と戸惑いに朦朧《もうろう》となりながら顔を移動させていった。

すると夢香は腰を浮かせ、着物と腰巻の裾を腰あたりまでたくし上げ、白く滑らかな脚を付け根まで露《あら》わにして開いたのだった。

三吉も、胸を高鳴らせながら腹這《はらば》い、顔を進めて股間に迫っていった。

内腿は透けるように白く、実にきめ細かく滑らかな肌をしていた。陰戸に迫ると熱気と湿り気が顔中を包み込み、彼は姫の陰戸に目を凝《こ》らした。

ほんのひとつまみほどの恥毛が上品に丘に煙《けむ》り、割れ目からはみ出す陰唇は綺麗《きれい》な桃色だった。

しかし、そこは大量の蜜汁にまみれ、オサネも愛撫を待つようにツンと突き立っていた。それは手すさびの習慣によるものか、綾芽と同じぐらいの大きさで、光沢ある亀頭の形をしていた。

そっと指を当てて陰唇を広げると、やはり襞《ひだ》の入り組む膣口が息づき、姫君でも身体《からだ》の作りは同じようで、ゆばりを放つ小穴も確認できた。

「ここ……」

焦《じ》れたように夢香が言い、オサネを指した。

三吉は吸い寄せられるように顔を埋《うず》め、チロチロとオサネを舐《な》めはじめた。

「アア……、指より気持ちいい……」

夢香が驚いたように声を上ずらせ、内腿でムッチリと彼の両頬を挟み付けてきた。

自分がしているように指の愛撫を求めたのに、舐められて、その快感に夢中になったようだ。

三吉も舐めながら柔らかな茂みに鼻を擦りつけ、生ぬるく甘ったるい汁の匂いで鼻腔を満たした。

もちろんゆばりの匂いもほのかに入り交じっていたが、やはり日頃からあまり動かないせいか、鶴よりは控《ひか》えめな体臭だった。

そして淫水の量は鶴よりもずっと多く、すぐにも舌の動きがヌラヌラと滑らかになり、舌を這わせるたびに新たな淡《あわ》い酸味のヌメリが割れ目内部に満ちていった。

さらに彼は夢香の腰を浮かせ、尻の谷間にも迫った。

薄桃色の可憐《かれん》な蕾《つぼみ》がひっそり閉じられ、それでも鼻を埋めて嗅《か》ぐと、生々しい微香が感じられた。

やはり姫君でも、ちゃんと厠《かわや》で大小の排泄をしているのである。

舌を這わせ、細かな襞を濡らしてヌルッと潜《もぐ》り込ませた。

「あう……」

夢香は小さく呻《うめ》き、キュッと肛門で舌先を締め付けたが、こちらは違和感の方があり、早くオサネに戻ってほしいように腰をよじった。

三吉は滑らかな粘膜も味わってから、やがて再び舌を陰戸に戻した。

新たなヌメリをすすり、上唇で包皮を剝《む》き、完全に露出したオサネに吸い付き、さらに舌先で弾《はじ》くようにチロチロと舐め回した。

「あ……、いい気持ち……！」

と、夢香が声を洩《も》らし、そのまま身を弓なりに反らせてガクガクと痙攣《けいれん》した。

どうやら気を遣《や》ってしまったようだ。それだけ日頃から、自分でいじって果てることにも慣れているのだろう。

三吉は大量の淫水をすすり、やがて夢香が硬直を解いてグッタリと四肢《しし》を投げ出すと、舌を引っ込めて股間から這い出した。

まさか、このまま挿入して初物を散らしてしまうわけにはいかない。相手は、鶴のような立場とはわけが違うのだ。

ふと夢香を見下ろすと、彼女はいつしか無邪気に寝息を立てていた。

どうやら果てると眠る習慣になっているのかも知れない。三吉は彼女の脚を閉じ、裾を直してから掻巻《かいまき》を掛けてやった。

すると、そのとき襖が細く開いて声をかけられ、三吉は度肝を抜かれて慌《あわ》てて振り返ったのだった。

二

「三吉どの、こちらへ……」

言ったのは、三十代半《なか》ばほどの美女だった。

三吉は夢香を起こさぬようそっと立ち上がり、招かれるまま部屋を出た。

「私は志摩《しま》。姫様の乳母です」

彼女は言い、三吉を湯殿に案内した。

「月代《さかやき》を剃《そ》ります。ここで全て脱いで下さいませ」

脱衣所で言われ、三吉も袴《はかま》と着物を脱ぎ去り、美女の前だが下帯を解いて全裸で湯殿に入った。

中には、木の椅子《いす》と盥《たらい》の湯、剃刀《かみそり》も仕度《したく》され、志摩は裾をからげ、襷掛《たすきが》けをして一緒に入ってきた。

「今日より、お世話を言いつかりましたので」

志摩は彼の背後に立ち、元結いを切り取りながら言った。

そして頭から湯を浴びせて、まずは鋏《はさみ》で月代部分の髪を切り取って短くしてから、剃刀を当ててくれた。

「姫様は、ことのほか人見知りが激しゅうございます。あんなにも人に懐くのは初めてです」

「さ、左様《さよう》ですか……」

後ろから言われ、三吉は不安を覚えながら答えた。

おそらく志摩は、夢香との行為を覗《のぞ》いていたのだろう。

まあ情交には及ばず、夢香が求めるまま快楽を与えたのみなので黙認してくれたのかも知れない。

そして乳母ならば、当然ながら夢香が手すさびを習慣にしていることぐらい知っているに違いなかった。

「しかも、無垢《むく》なのに淫気が激しく、それでお嫁に出せないでいるのです」

ゾリゾリと剃刀で手際よく月代を当たりながら、志摩が沈痛な声で言った。

三吉は、夢香の陰戸を舐めた余韻《よいん》と、熟《う》れた美女の甘い匂いを肩越しに感じ、一向に勃起が治まらなかった。

しかも志摩は、それとなく全裸の彼を観察し、怪我《けが》や病の兆《きざ》しなどはないか調べているのだろう。

さらに彼女は、剃りながら様々なことを話してくれた。

志摩は三十五歳の後家、夫と乳飲み子を病で亡《な》くし、以後は夢香の養育に全てを捧げているようだった。

側室だった夢香の母親も、父親である先代藩主も、すでにこの世に亡い。

藩邸の奥向きには義正の正室がいるようだが、まだ了は無いらしい。

「とにかく、姫様は癇《かん》が強く、ときに気鬱《きうつ》になって臥せることも多く、いけないお遊びだけが楽しみなのです」

志摩が言う。

それでも気持ちが安定しているときは花を生けたり、芝居見物に出たり、ごく普通の姫君としての教養にも溢《あふ》れているようだった。ただ、淫気が高まると堪《たま》らなくなるらしい。

要するに気品ある姫君と、幼子のような天真爛漫《てんしんらんまん》さの両面を持っているのだろう。

「それにしても、陰戸を舐めるとは、よくもそのようなことが……」

志摩が、剃刀を盥で洗っては、再び剃りながら言う。

「も、申し訳ありません。いじれとの仰せでしたが、手を洗ういとまもなく……」

「良いでしょう。姫様も、ことのほか心地よかったようで、あっという間に気を遣ってお休みになりましたゆえ」

三吉が言うと、志摩も嘆息《たんそく》混じりに答えた。

肩越しに、美女の湿り気ある吐息が生温かく鼻腔をくすぐってきた。それは白粉《おしろい》のように甘い刺激を含み、鶴や夢香、綾芽とも異なる趣《おもむき》を持って胸を満たし、一物に伝わっていった。

「ときに、最前より強《こわ》ばりが治まらぬようですが」

やはり志摩は目ざとく観察していたようで、核心に触れてきた。

「は……、生まれて初めて陰戸を見て、味と匂いに心酔わされており、どうにも高まりが……」

三吉は、無垢を装って答えた。

「そう、無垢ですか。手すさびは？」

「ひ、日に二度三度としなければ、気が治まらず……」

「まあ、それほど多く……」

答えると、志摩は驚いたように手を止めて言った。

「我慢なさい。今してはいけませんよ。剃刀を使っているのですから」

「はい、承知しております……」

三吉は言いながら、着衣の志摩に勃起を見られる羞恥《しゅうち》に息を弾ませ、何とも居心地が悪く、逆にいつまでもこうして熟れた美女の甘い匂いに包まれていたいような気にもなった。

と、ようやく月代を剃り終えたようで、志摩はもう一度湯を浴びせ、手拭《てぬぐ》いで髪を丁寧《ていねい》に拭い、新たな元結いできりりと髷《まげ》を結ってくれた。

「さあ、よろしいでしょう。では身体を拭いて、こちらへ」

志摩が先に脱衣所へ行って襷を外し、裾を下ろして言った。

三吉も手早く全身を拭いて、勃起を抑えるように下帯と襦袢《じゅばん》を着け、着物と袴を整えた。

「殿より拝領の刀がありますゞ」

「え……」

先を歩く志摩が言い、三吉も緊張した。

そう、武士になるからには大小を帯びることになるのだ。

しかし、幼い頃から腰に差している武士と違い、なかなか様にはならないだろうと思った。

案内された部屋は八畳間だ。刀架には大小が掛けられ、布団と行燈《あんどん》も揃《そろ》い、新たな着物や袴、裃《かみしも》や着替えなども整っていた。

「ここが今日から三吉どのの部屋です」

「そんな、今までの三畳間がちょうど良いのですが」

「藩士となれば、そうは参りません」

志摩が言い、三吉は膝を突き、恐る恐る大小の刀を見た。値打ちは分からないが、義正がくれたのだから、それなりに良いものなのだろう。

部屋も、屋敷を取り囲む侍長屋ではないので、異例の重用と言うべきだった。

「紋所は」

「分かりません。と言うより、あったのかどうかも……」

訊《き》かれて答えると、また志摩は嘆息した。この山猿め、とでも思っているのかも知れない。

「ならば、いずれ好きな紋を入れることにしましょう」

彼女も端座し、まだまだ彼を一人にはさせなかった。武士としての仕来りの講義があるのだろう。

「姓もないのでしょうが、住んでいた山は？」

「はあ、桜山《さくらやま》と言われていました」

「ならば今日から、桜山三吉です。では紋所も、山桜紋がよろしいでしょう」

姓も家紋も簡単に決まってしまった。そして志摩は、相当な教養の持ち主のようだった。

それにしても、こんなにも簡単に武士になって良いものだろうかと思ったものだ。便宜《べんぎ》上、然《しか》るべき重臣の養子にでもなるのかと思っていたが、そうした回りくどい手続きも不要らしい。

とにかく三吉は、まだ勃起が治まらなかった。

「ときに、これからも姫様にせがまれることと思いますが」

志摩が、武士の講義より、もっと切迫した本題に入り、改まったように言った。

「はい……」

「決して情交はしてはなりませぬ」

「むろん、承知しております」

「ただ、今日のようなことならば、求められるまま願いを叶《かな》えてあげて下さいませ。まして一度知った舌による快楽は、姫様を病みつきにさせそうです」

言いながら志摩は、まるで自分が舐められることを一瞬思ったように、ビクリと身を震わせた。

「分かりました。そこで志摩様にお願いがございます」

「何でしょう」

「私は無垢ゆえ、女の身体を知りません。姫様に触れる上で間違いがあってはいけませんので、どのような仕組みか、お見せ頂けると有難《ありがた》いのですが」

淫気を抱えながら思い切って言ってみると、志摩は予想以上に激しく動揺し、目を見開いた。

「な、何ですと……、この私に、裸になって股を開けと……？」

「お願い致します。他の方にはお頼みできませんし、姫様への忠義一筋の志摩様ならば、お心も強いでしょうから」

三吉は巧《たく》みに言い迫り、深々と頭を下げて懇願《こんがん》した。こうしたところは、天性のものなのだろう。

「しょ、承知しました。姫様のためになることですので、女の身体というものを正しくお教えしましょう」

少し考え、迷った末に志摩は決意して答えてくれた。

やはり夢香の気持ちの安定のために三吉の存在は、無くてはならぬものと思いはじめてくれたのだろう。

決めたとなると志摩は立ち上がり、手早く床を敷き延べた。そして、ためらいなく帯をシュルシュルと解き、もう着物を脱ぎはじめたのだ。

三吉も期待に胸を高鳴らせ、さらに硬く勃起しながら成り行きを眺《なが》めた。

彼女が脱いでゆくと、着物の内に籠もっていた熱気が、熟れた体臭を含んで甘ったるく部屋の中に立ち籠めはじめていった。

三

「さあ、まずは好きなようにご覧なさい……」

一糸まとわぬ姿になり、志摩が布団に仰向けになって言った。

三吉は着衣のままにじり寄り、まずは傍らに座し、全身を見回した。

着衣と裸が湯殿と逆になり、今度は志摩が激しい羞恥に包まれ、密かに呼吸を熱く弾ませていた。

僅かに顎《あご》がくくれるほど肉づきが良く、乳房も実に豊かだった。

脂の乗った熟れ肌は透けるように白く、腰も太腿も上品で豊満、何ともふるい付きたくなるような良い女だった。

「触れます。御無礼を……」

三吉は興奮を抑えて言い、そっと手を伸ばして大きな乳房の膨《ふく》らみに触れた。

柔らかくて張りがあり、指に伝わる肌の温もりが心地よかった。乳輪はやや大きめだが、乳首も意外に初々《ういうい》しい桜色をしていた。

「く……」

指の腹で乳首をコリコリといじると、志摩が息を詰めて小さく呻いた。

「失礼、どのようなものか少しだけ口で……」

三吉は言って屈《かが》み込み、そっと乳首を含んで吸い、舌で転がした。さらに顔中を膨らみに押しつけると、心地よい感触と温もりが感じられ、同時に甘ったるい汗の匂いも悩ましく鼻腔をくすぐった。

「う……、んん……、もうよろしいでしょう……」

志摩が懸命に奥歯を嚙《か》み締めて言うと、彼はもう片方の乳首も含み、少しだけ舐め回してから口を離した。

さらに腕を差し上げ、腋《わき》の下にも顔を埋め込んだ。

「な、何を……」

「女の匂いを知ってみたいものですから……」

ビクリと震えながら志摩が言うと、彼は答えて色っぽい腋毛に鼻を擦りつけた。生ぬるく濃厚な体臭が鼻腔を満たし、胸の奥まで甘ったるい匂いが沁み込んでくるようだった。

やがて三吉は、そのまま滑らかな脇腹を舐め下り、腹の真ん中に移動して形良い臍《へそ》を舐め、顔を密着させて腹部の弾力を味わった。肌に印された腰巻の痕も、何やら艶《なま》めかしかった。

志摩は拳を握って身を強ばらせ、懸命に喘ぎを堪えていた。

快楽を得るためではなく、あくまで教えているのだという立場を崩《くず》すまいとしているのだろう。

張り詰めた下腹を舐め、豊満な腰からムッチリとした太腿、さらに脚を舐め下りて足首まで行った。

足裏に舌を這わせ、指の間に鼻を割り込ませると、先ほど湯殿にいて洗い流されたから、蒸れた匂いは実に淡いものでしかなかった。

それでも爪先《つまさき》にしゃぶり付き、指の股にヌルッと舌を挿し入れると、

「ヒッ……、な、何をするのです……」

志摩は息を呑《の》み、激しく動揺して言った。

「隅々まで味わうだけですので、しばしのご辛抱を」

「ぶ、武士が犬のような真似《まね》など……、アアッ……!」

三吉が言いながら、左右とも指の股を舐めると、志摩は激しく腰をよじらせて声を洩らした。

そして全ての指の股を味わう頃には、志摩は悶《もだ》えながら横向きになっていた。

そのまま彼は志摩をうつ伏せにさせ、踵《きびす》から脹《ふく》ら脛《はぎ》、汗ばんだヒカガミから太腿、豊かな尻の丸みを舐め上げていった。

腰から背中を舐めると、滑らかな肌は汗の味がし、さらに三吉は肩まで行って髪の匂いを嗅ぎ、うなじを舐めてから再び背を這い下りた。

脇腹にも寄り道し、軽く歯を当てて熟れ肌の弾力を味わってから、大きな尻に戻ってきた。

俯《ふ》せのまま股を開かせ、間に腹這い、尻に顔を寄せた。

指でグイッと双丘を広げると、谷間には桃色の蕾が閉じられていた。しかもそれは枇杷《びわ》の先のように僅かに肉を盛り上げ、何とも艶めかしい形だった。

襞とともに、ぷっくりした小さな突起が椿《つばき》の花のように上下左右に小穴を囲い、鼻を埋め込むと秘めやかな匂いが鼻腔を刺激してきた。

三吉は美女の恥ずかしい匂いを充分に貪《むさぼ》ってから、舌先でチロチロと穴を舐め、ヌルッと潜り込ませて粘膜を味わった。

「く……！」

志摩が顔を伏せて呻き、キュッと肛門で舌先を締め付けてきた。

「そ、そのようなところ……」

たしなめようとしたが、あまりのことに志摩は朦朧となり、拒《こば》む力も湧《わ》かないようだった。

充分に舌を蠢かせてから彼は顔を上げ、再び志摩を仰向けに戻していった。

片方の脚をくぐると、目の前で両腿が開かれ、熟れた陰戸が丸見えになった。

指で広げると、襞の入り組む膣口がヌメヌメと淫水に潤《うるお》い、光沢あるオサネも包皮を押し上げるようにツンと突き立っていた。

「ああ……、そんなに見ないで……」

志摩が力なく嫌々をしながら、股間に彼の熱い視線と息を感じて言った。

しかし三吉も興奮に突き動かされ、志摩の反応を気遣う余裕もなく、そのままギュッと顔を埋め込んでいった。

黒々と艶《つや》のある柔らかな茂みに鼻を擦りつけて嗅ぐと、甘ったるい汗の匂いと、ほのかなゆばりの匂いが入り交じり、悩ましく鼻腔を刺激してきた。

舌を這わせて陰唇の間に挿し入れ、淡い酸味のヌメリをすすりながらオサネまで舐め上げていくと、

「アアッ……、駄目……！」

志摩はビクッと顔を仰《の》け反《ぞ》らせて喘ぎ、反射的に量感ある内腿でムッチリと彼の両頬を挟み付けてきた。

彼女も、三吉が夢香の陰戸を舐めるのを見ていたから、自分もされるとは覚悟していたことだろう。そして抵抗感とは裏腹に、微《かす》かな期待もあったに違いなく、その反応は激しかった。

もちろん武家の奥方だった彼女は、亡夫にも舐められたことがないだろうから、舌による初めての快感は、想像以上だったろう。

三吉は腰を抱え込んで押さえながら、チロチロとオサネを舐め回し、吸い付いた。

さらに指を膣口に押し込み、側面の内壁をクチュクチュと小刻みに擦り、奥まで入れて指の腹で天井も圧迫した。

「く……！　堪忍《かんにん》……」

志摩は身を反らせながら呻き、あとは言葉もなく、ガクガクと腰を跳《は》ね上げながら彼の指をきつく締め付けるばかりだった。

蜜汁も大洪水になって内部が収縮し、彼女は呼吸すら忘れたように反り返ったまま硬直していた。

どうやら、舌と指で本格的に気を遣ってしまったようだ。

やがて三吉は、全身を強ばらせている志摩の陰戸から顔を上げ、ヌルッと指を引っ込めた。

「大丈夫ですか、志摩様……」

呼吸しない彼女が心配になったので声を掛けて揺すると、

「アア……」

ようやく絶頂を通り過ぎたように声を洩らし、志摩は荒々しく喘ぎながら熟れ肌の硬直を解いていった。

三吉は安心し、自分も手早く袴と着物を脱ぎ、全裸になっていった。

夢香を舐めたときから、ずっと高まりが続き、今こうして熟れ肌に接し、もうどうにも射精しなければ治まらなくなっていた。

そして添い寝すると志摩がしがみつき、余韻に何度かビクッと肌を波打たせながら荒い呼吸を整えた。

「い、今のは何だったのです……」

志摩は、我が身に起きた未知の異変に戦きながら囁《ささや》いた。

「おそらく気を遣ったのでしょうね。初めてだったのですか」

「ああ……、確かに……、先ほどの姫様のように、このまま眠りたい気分です……」

三吉が言うと志摩は、彼の肌を熱い息でくすぐりながら答えた。

もちろん自分でいじった経験もなく、彼女は生まれて初めて絶頂を体験したようだった。

三吉は、彼女の手を取り、そっと一物に導いた。

「まだ、このように硬く……」

志摩も言いながら、やんわりと手のひらに包み込んでくれた。

彼はニギニギと愛撫され、快感に身悶えた。

「ああ……」

小さく喘ぐと、志摩も愛撫の指に勢いを付けてくれた。

やはりする側になった方が気が楽だし、彼が無垢で、自分の方が経験のある年上だということも思い出したのだろう。

そして志摩は、握ったまま身を起こし、彼の股間に熱い視線を注いできた。

四

「これを、姫様に入れてはなりませんよ」

「はい、承知しておりますが、入れるとは、どのようなものなのでしょう。男も女もともに心地よくなるものなのでしょうか」

「そ、それはもう、ことのほか心地よいものです……」

三吉が訊くと、志摩は大きく頷きながら答えた。

おそらく彼女も、武家同士のことだから少し口吸いして乳や陰戸をいじり、うんと濡れないうち交接していたのだろう。

それでも回を重ねるうちには、挿入で気を遣るようになっていたようだ。

だから舌と指で気を遣るのは今が初めてで、おそらく膣感覚とは違った絶頂だったから、それで戸惑っていたに違いなかった。

そして志摩は、絶頂を知っているというより、好きな夫と一つになったという意識が、だいぶ肉体の快楽に加わっていたことだろう。

「どうか、してみてはいけませんでしょうか……」

「それは……」

三吉が言うと、さすがに志摩はためらったが、ここまで感じ、しかも互いに全裸になっているので心は激しく動いているようだった。

「確かに、姫様にされては困りますし、ただ我慢させるのも酷でしょうから、私で良ければ……」

志摩は答え、意外にもすんなりと承諾してくれた。彼女もまた、相当に淫気を芽生えさせ、後戻りできないほど高まっているのだろう。

「で、では、どうか先にお口で濡らして下さいませ……」

三吉が仰向けに身を投げ出して言うと、志摩も一物を握ったまま顔を寄せてきた。

「このようなこと、するの初めて……」

志摩が、熱い視線を先端に注いで言った。

どうやら武家の夫婦というものは、妻も夫の一物をしゃぶってやったりしないものらしい。

春本のように愛撫を尽《つ》くして感じ合うのは、どうやら町人だけのようだった。

それでも志摩は、いつにない快楽と高まりに歩み寄り、すぐにも口を寄せてきてくれた。

表面上では姫君への忠義と自分に言い聞かせているのだろうが、実際は淫気も好奇心も旺盛で、武家も町人もないのだろう。

チロリと舌を伸ばして先端に触れ、鈴口から滲《にじ》む粘液を舐め取ってくれた。

「ああ……、気持ちいい……」

三吉が喘ぐと、志摩は嬉《うれ》しそうに舌の蠢きを活発にさせてきた。

「どうか、ここも……」

ふぐりを指して言うと、志摩は素直に潜り込み、熱い息を股間に籠もらせながらチロチロと袋に舌を這わせ、二つの睾丸を転がした。

そしてせがむように幹をヒクヒクさせると、志摩は再び幹の裏側を舐め上げ、今度は丸く開いた口でスッポリと肉棒を含んでくれた。

「アア……」

うっとりと喘ぎ、美女の口の中で震わせると、さらに志摩はモグモグと根元まで呑み込んできた。

熱い鼻息が恥毛をくすぐり、唇で根元を締め付けて吸い、内部ではクチュクチュと舌が蠢き、たちまち一物は生温かな唾液にどっぷりと浸った。

三吉はジワジワと絶頂を迫らせ、やがて漏《も》らしてしまう前に彼女の手を握って引っ張った。

志摩もスポンと口を引き離し、顔を上げて前進した。

「どうか、上から跨《また》がって入れて下さいませ」

「そんな、上になるなんて初めて……」

また志摩は、初体験の新鮮な興奮に目を輝かせて言った。しかし拒むことなく、自らの唾液にまみれた一物に跨がってきた。

「ああ……、何と嫌らしく、はしたない格好……」

彼女は言いながらも、自分から幹に指を添え、先端に割れ目を押しつけてきた。

恐る恐る腰を沈めると、張りつめた亀頭が潜り込み、あとはヌルヌルッと滑らかに根元まで受け入れていった。

「く……！」

さすがに大きな声を上げることはなく、志摩は完全に座り込み、股間を密着させながら奥歯を噛み締めて呻いた。

三吉も、肉襞の摩擦と熱いほどの温もりに包まれ、少しでも長く保たせようと肛門を引き締めながら感触を味わった。

子を産んでいたようだが締まりは抜群で、じっとしていても息づくような収縮が一物を刺激してきた。淫水は泉のように後から後からトロトロと溢れ、ふぐりまで生温かく濡らした。

やがて志摩がゆっくりと身を重ねてきたので、三吉も両手を回して豊満な熟れ肌を抱き留めた。

「志摩様も、気持ち良いですか?」

囁くと、彼女は快感を噛み締めるようにきつく目を閉じ、小さく頷いた。声を出せば、熱い喘ぎが洩れてしまうのだろう。

三吉は下から唇を求め、ピッタリと重ね合わせた。

ほんのり濡れた柔らかな感触を味わい、白粉のような甘い刺激を含んだ吐息で鼻腔を満たしながら酔いしれた。

舌を挿し入れ、滑らかな歯並びを舐めながら、徐々に股間を突き上げると、

「あ……」

志摩が歯を開いて喘ぎ、動きに合わせてクチュッと淫《みだ》らな摩擦音が聞こえた。

美女の口の中には、さらに熱く湿り気ある甘い芳香が満ち、三吉は舌を潜り込ませて舌を探った。

逃げ回るように滑らかに蠢く舌は、ぽってりと肉厚で、生温かく清らかな唾液にまみれていた。

徐々に突き上げを速めていくと、

「ンンッ……！」

志摩が反射的にチュッと強く彼の舌に吸い付いてきた。

「アア……、も、もう駄目……」

やがて苦しげに口を離して喘ぐと、いつしか志摩も動きに合わせて腰を遣いはじめてきた。

「志摩様、舐めて……」

三吉は高まりに乗じてせがみながら、志摩の口に鼻の頭を押しつけると、彼女も舌を這わせ、ヌラヌラと舐め回してくれた。彼は美女の唾液と吐息の匂いに激しく昇り詰めていった。

「い、いく……！」

突き上がる大きな絶頂の快感に口走り、三吉は熱い大量の精汁をドクンドクンと勢いよく柔肉の奥にほとばしらせてしまった。

「ああッ……！」

噴出を受け止めると志摩も声を上げ、そのままヒクヒクと狂おしい痙攣《けいれん》を開始し、膣内の収縮も最高潮にさせた。

どうやら本格的に気を遣り、精汁を飲み込むようにキュッキュッときつく締め上げてきた。やはり舌と指で気を遣るのとは、種類も度合いも異なり、身も心もとろけそうになっているようだ。

三吉は股間をぶつけるように勢いよく突き上げ、摩擦快感を貪りながら、心置きなく最後の一滴まで出し尽くしていった。

すっかり満足して動きを弱めていくと、

「アア……」

志摩も満足げに吐息混じりに声を洩らし、熟れ肌の強ばりを解きながら、グッタリと力を抜いて彼にもたれかかってきた。

まだ膣内の収縮が続き、刺激されるたびピクンと幹が過敏に反応した。

「く……、すごい……、こんなの初めて……」

内部で幹が脈打つたび、駄目押しの快感が突き上がって、志摩は息を詰めて熱く口走った。

教える立場でありながらも、おそらくこれほどの快感は初めてで、今までの体験は何だったのかと思うほどであっただろう。

三吉は豊満な美女の重みと温もりを全身に受け止め、湿り気ある甘い吐息を間近に嗅ぎながら、うっとりと快感の余韻を嚙み締めた。

「初めてにしては、すごすぎます……。どうか、こうしたことは姫様には決して教えないように……」

「はい。陰戸を舐めるだけなら構いませんね？」

「それも本当は……、武士が女の股に顔を入れるのはどうかと思うのですが、姫様が望むことであれば……」

志摩は荒い息遣いを繰り返しながら、小さく答えた。

「そのおり、やはり私も淫気が高まりますので、自分でこっそり済ませても構いませんか」

覗くとしたら志摩だけだろうから、三吉は前もって言っておいた。

「姫様を汚しさえしなければ、やむを得ません」

彼女も、仕方なく許してくれた。

やがて互いに呼吸を整えると、志摩が手を伸ばして懐紙を取り、身を起こしながらそっと股間を引き離した。

そして陰戸を拭き清め、丁寧に一物も拭ってくれたのだった。

五

「ああ、三吉、会いたかった……」

夜半、夢香の寝所へ赴《おもむ》くと、彼女は感極まったように上気した顔で言って、三吉に縋《すが》り付いてきた。

夢香が会いたがっていると志摩に言われ、他の者に知られぬよう寝巻姿のまままこっそり出向いてきたのである。

昼間会っていたのに、覚めてからも夢香はますます三吉に恋い焦《こ》がれるようになり夜が待ち遠しかったようだ。しかも昼間寝たから目が冴《さ》え、快楽を知ったため淫気も増しているのだろう。

「ね、一緒に寝て……」

夢香が熱っぽく囁き、三吉を横たえて添い寝した。

彼も、生ぬるく甘ったるい姫の体臭に包まれ、激しく勃起していった。

襖の陰からは、志摩が様子を窺っているだろうが、挿入さえしなければ良いというお墨付きをもらっている。

添い寝したまま、夢香が顔を寄せピッタリと唇を重ねてきた。

熱く湿り気ある吐息が、さらに甘酸っぱい果実臭を濃くさせて彼の鼻腔を悩ましく刺激してきた。

夢香は、また近々と目を開いて彼を見つめ、自らヌルッと舌を挿し入れてきた。

三吉も受け入れ、チロチロと舐め回すと、生温かな唾液に濡れた姫君の舌が艶めかしく蠢いた。

「ンン……」

夢香がうっとりと熱く鼻を鳴らし、舌をからめながら彼の手を取り、乱れた胸元に導いていった。

三吉も姫君の唾液と吐息に酔いしれながら手を差し入れ、柔らかな膨らみをそっと揉《も》み、コリコリと硬くなった乳首を指の腹で優しくいじった。

「ああ……、いい気持ち……、三吉、吸って……」

夢香が苦しげに口を離して囁き、彼の顔を胸元へ押しつけてきた。

三吉は、ちょうど腕枕される形になって、開かれた胸元に顔を寄せていった。

乳首は可憐な薄桃色で、乳輪も光沢があるほど張りを持っていた。

チュッと吸い付き、舌で転がすと、夢香の肌がヒクヒクと震えて熱く息が弾んだ。

「もっと強く……」

彼女は、三吉の顔を胸にきつく抱きすくめて言った。鶴は強く吸うと痛がったが、夢香は刺激の強い方が好みらしい。

三吉も顔中を膨らみに密着させ、温もりと弾力を味わった。

次第に彼女が仰向けになっていったので、自然に彼ものしかかり、もう片方の乳首も含んで舐めた。

さらに乱れた寝巻に顔を潜り込ませ、腋の下にも鼻を埋め、和毛《にこげ》に籠もった濃厚な汗の匂いを貪ると、夢香は帯を解き、完全に寝巻を左右に開いてしまった。

下には何も着けておらず、また午睡のあとは湯浴みもしていないようで、生ぬるい体臭が揺らめいた。

「ね、三吉、いっぱい舐めて……」

夢香が息を弾ませて言い、三吉も腋の下から脇腹を舌でたどり、真ん中に移動して愛らしい臍を舐め、さらに脚を舐め下りていった。

彼女もうっとりと身を投げ出し、されるままになっていた。

姫君の肌はどこもスベスベで、三吉は足首まで行ってから足裏を舐め、指の股にも鼻を割り込ませて嗅いだ。

汗と脂の湿り気と蒸れた匂いが感じられ、彼は爪先にしゃぶり付き、左右とも全ての指の間を舐め尽くした。

「ああ……、くすぐったい……」

夢香がヒクヒクと脚を震わせて喘ぎ、やがて三吉は脚の内側を舐め上げ、大股開きにさせていった。内腿を舐め上げ、湿り気の籠もる股間に顔を寄せて見ると、やはり陰戸は大量の蜜汁にヌメヌメと潤っていた。

夢香は期待と興奮に自ら大きく両膝を広げ、あるいは覗いている志摩も胸を高鳴らせ、陰戸を濡らしているかも知れなかった。

三吉も、楚々《そそ》とした茂みに鼻を埋め込み、濃厚な汗とゆばりの匂いで鼻腔を刺激されながら、舌を這わせていった。淡い酸味の蜜汁が溢れ、たちまち舌の動きが滑らかになった。

「アア……、いい気持ち……」

オサネを舐められ、夢香がビクッと顔を仰け反らせて喘ぎ、内腿でムッチリと彼の顔を挟み付けてきた。

彼も姫君の味と匂いを貪り、息づく膣口からオサネまで何度も舌で縦に往復した。

さらに夢香の脚を浮かせ、白く丸い尻の谷間にも鼻を埋め込み、汁の匂いに混じった微香を嗅いだ。

そして、うっとりと酔いしれてから舌を這わせ、蕾を濡らしてヌルッと潜り込ませた。滑らかな粘膜を舐めると、

「あう……、変な気持ち……」

夢香が呻き、キュッキュッと肛門で舌先を締め付けてきた。

充分に舌を蠢かせてから脚を下ろし、再び陰戸に戻ってヌメリをすすり、オサネに吸い付きながらそっと指を無垢な膣口に潜り込ませた。

一物の挿入でなければ、少しぐらい構わないのではないか。それに離れた襖の隙間からは志摩も、それほど細かに見て取れないだろう。

最初は浅く、内壁を小刻みに擦りながらオサネを吸った。さすがに生娘の内部はきつく、締まりも抜群だが、何しろ潤いが多いので指も滑らかに動いた。

「ああ……、いい……」

夢香が痛がらずに喘ぐので、さらに奥へ進めて天井を指の腹で圧迫した。

「あう……、三吉……！」

彼女が呻くなり反り返って硬直し、ガクガクと痙攣を起こした。同時に粗相したように淫水が噴出し、指が痺《しび》れるほど締め付けられた。

どうやらすぐにも気を遣ってしまったようだ。

三吉は夢香の痙攣が止《や》むまで舌と指を使い、やがて彼女がグッタリとなると、指を引き抜いて股間から這い出した。

添い寝すると、夢香は荒い呼吸を繰り返し、何度か思い出したようにビクッと肌を震わせて余韻に浸っていた。

彼は再び腕枕してもらい、寝巻の裾を開いて下帯を解き、激しく勃起した一物を自ら握りしめた。そして姫君のかぐわしい吐息を間近に嗅ぎながら、しごきはじめていった。

夢香も彼の鼻に口を押し当て、果実臭の息を惜《お》しみなく吐きかけてくれていたが、やはり三吉の手の動きが気になるのだろう。そっと手を伸ばし、一物に触れてきたのだった。

「これが、男のもの……?」

夢香は息を弾ませながら囁き、好奇心に汗ばんだ手のひらに包み込み、観察するようにニギニギと動かしてくれた。

どうやら今回は、気を遣ったあと眠りにも就かず、まだまだ三吉と戯《たわむ》れていたいようだった。

「私も、お前のものを舐めてあげたい……」

夢香が、三吉の耳に口を押し当てて囁いた。

三吉は、このまま彼女の息の匂いだけで自分で済ませるつもりだったのだが、急に欲望が湧いてきた。

「どうか、歯をお当てになりませんように……」

三吉も囁き、志摩から見られないよう掻巻を引き寄せた。

すると夢香も顔を移動させ、掻巻の中に潜り込むようにし、彼の股間に熱い息を籠もらせてきた。

掻巻は志摩のいる方だけで、こちらは開けているので苦しくはないだろう。

夢香は顔を寄せ、幹をいじりながら近々と観察し、やがて先端を舐めて鈴口の粘液を味わった。

さらに張りつめた亀頭を含み、頬をすぼめて吸いながら内部でチロチロと舌を蠢かせてきたのだった。

「ああ……、姫様……」

三吉は急激に高まって喘ぎ、小刻みにズンズンと股間を突き上げてしまった。

夢香も顔を上下させ、清らかな唾液に濡れた口でスポスポと強烈な摩擦を繰り返してくれた。

さすがに畏れ多さも加わり、いけないと思いつつ三吉は、あっという間に絶頂に達してしまった。

「く……、い、いけません……、アア……！」

なおも吸い付かれ、無邪気に蠢く舌に翻弄《ほんろう》されながら、彼は大きな快感に貫かれ、ありったけの精汁を勢いよくほとばしらせてしまった。

「ク……、ンン……」

喉の奥を直撃された夢香は驚いたように小さく呻いたが、なおも艶めかしい吸引と舌の蠢きを続行してくれ、三吉も心ゆくまで快感を味わい、最後の一滴まで出し尽くしてしまった。

やがて彼はグッタリと身を投げ出し、いつまでも胸の動悸《どうき》が治まらなかった。

夢香はようやく口を離し、ゴクリと精汁を飲み込み、なおも鈴口に脹《ふく》らむ余りの雫《しずく》まで丁寧に舐め取ってくれたのだった。

「ああ……、ど、どうか、もう……」

三吉は過敏に反応し、腰をよじりながら言った。

そして、志摩に気づかれてしまっただろうかと思いつつ、荒い呼吸を繰り返して余韻を味わったのだった。

第四章　目眩《めくるめ》く女体三昧《ざんまい》の日々

一

「まあ、三吉さんですか……、いえ、三吉様……」

鶴が、武士の姿になった彼を見るなり、目を丸くして言った。

すっかり月代《さかやき》を剃《そ》って髷《まげ》を整え、志摩が手配してくれた山桜紋の着物に袴《はかま》。そして腰には大小を帯びているのだ。

脇差《わきざし》だけなら良いが、大刀も差すとなると、どうにも形が決まらず、それに左腰が重くて歩きづらかった。

「ああ、今まで通りでいいよ。それより志摩様のお許しを得たので、江戸を案内してくれないか」

「はい、分かりました」

言うと鶴も快《こころよ》く応じ、一緒に藩邸を出た。

弥生《やよい》（三月）半《なか》ばの陽射しが暖かく、垣根越しに見える桜も、ほぼ八分咲きといった感じである。

「御紋も桜なのですね」

「うん、姓も桜山となったんだ」

「ご仕官、おめでとう存じます」

「そんな他人行儀に言わなくていいよ。まだ全く、武士になった気分じゃないんだ」

三吉は言い、やや緊張気味の鶴と一緒に歩いた。何かと話し、鶴の気持ちを和《やわ》らげたかったが、彼女は常に後ろから来るので話しにくかった。

それでもお堀まで来ると、鶴も次第に慣れてきたのか、晴れやかな顔立ちになってきた。

お堀端は、やはり花見の行楽客が多く、あちこちに毛氈《もうせん》を敷《し》いて酒宴もたけなわであった。

平川門《ひらかわもん》から江戸城を遥拝《ようはい》し、二人は賑《にぎ》やかな町々の間を縫《ぬ》って神田明神《みょうじん》にお詣《まい》りをした。どこも人が多く、三吉は目が回りそうだった。

境内《けいだい》の茶店で昼餉《ひるげ》を済ませ、さらに見世物や出店の数々を見て回ると、昼間から酔っている破落戸《ごろつき》連中と行き会った。

「おい、娘、酌《しゃく》をしてくれ」

縁台で飲んでいた一人が、通りかかった鶴に声を掛けてきた。

身をすくめる彼女を庇《かば》い、三吉が素知《そし》らぬ顔で行き過ぎようとすると、男が立ち上がった。髭面《ひげづら》で大柄である。

「待て、サンピン。舐《な》めた素振りをするじゃねえか。だが娘を置いてゆくなら勘弁してやる」

男が言うと、他の連中も凄《すご》んで立ち上がり、一斉に三吉を睨《にら》み付けてきた。

「待て待て、その男は、お前らじゃ敵わぬぞ」

と、声がかかって奥から坂下重五郎が出てきたではないか。

相変わらず暗い目で三吉を睨み、いかにも仕官したという三吉の姿に言いようのない嫉妬《しっと》と憎悪の色も浮かべた。

重五郎を見て、さらに鶴が息を呑《の》んで怯《おび》えた。

やはり重五郎は藩邸を追い出され、今は破落戸の用心棒でもしているようだった。

「何ですって、先生！　こんな小僧に、俺たちが敵わねえって？」

破落戸たちが、小馬鹿にされたと思って気色ばんだ。

「ああ、見ろ」

重五郎は小柄を取り出し、素早く三吉に投げつけてきた。

気を込めた三吉は、ゆっくり飛来してくる小柄を、避《さ》けもせず宙で摑《つか》んだ。

「う……！」

「どうだ。人は見かけによらぬものよ」

破落戸たちが息を呑み、重五郎も感嘆を隠しおおせず低く言った。

「こ、こんな曲芸みてえな真似《まね》に怯《ひる》む俺たちじゃねえ！」

大柄な髭面が喚《わめ》き、匕首《あいくち》を抜き放って三吉に迫ってきた。他の連中も同様に、刃を煌《きら》めかせて取り囲んだ。

「下がって」

三吉は鶴に言って離れさせ、連中の輪の中に入っていった。

「くらえ！」

男が突きかかってきたが、三吉は難なく間一髪で身を躱《かわ》し、手にした小柄でチクリと手首を突いた。

「いててて……！」

男は声を上げて得物を取り落とし、周囲の連中も驚きながら次々と突きかかってきたが、結果は同じだった。

「く……！」

「うぐ……」

みな利き腕の要を軽く突かれ、手首を押さえて呻《うめ》いた。

「見ろ見ろ、言わないことじゃない。行くぞ、飲み直しだ」

はなから重五郎は戦う気はないらしく、連中に言って先に歩きはじめた。破落戸たちも、ようやく得物を拾い、慌《あわ》てて従った。

「坂下様」

三吉は言い、小柄を投げ返した。受け取りやすいように弧を描くのを、振り返った重五郎も難なく摑んだ。

小柄は切っ先より柄の方が重いので、緩《ゆる》く投げれば柄の方から飛ぶ。だから刺さるように投げるには術が要《い》るのだ。

「さあ行こうか」

連中が去ると、三吉は鶴に言い、また歩きはじめた。賑やかな通りは、今の経緯を見ていた野次馬の目が煩《わずら》わしいので、裏道に入った。

「大丈夫かい？　どこかで少し休もうか」

「ええ……」

三吉は、まだ恐怖が覚めやらず青ざめている鶴に言うと、彼女も小さく頷《うなず》いた。

「ここは？　入れるかな？」

と、休憩できるような店があったので言い、一緒に入った。

すると初老の仲居が出てきて二階の端の部屋に案内してくれた。

障子窓の外は神社の杜《もり》で、室内には二つ枕の床《とこ》が敷き延《の》べられている。しかも枕元には桜紙も備えられていた。

「そうか、これが待合というものか……」

三吉は春本に書かれていた待合を思い出し、図《はか》らずも鶴と二人きりになれたことを喜んだ。

「じゃ、せっかくだから脱ごう」

三吉は窓を閉め、大小の刀を部屋の隅に置いて言うと、手早く袴を脱ぎはじめて鶴を促《うなが》した。

しかし、鶴は俯《うつむ》いたままである。

「嫌かい？　まさか、私のことは恐くないだろう？」

「ええ……、今までと違う三吉さんだったから、驚いていただけです……」

言うと鶴は答え、ようやく帯を解きはじめてくれた。

確かに、厨《くりや》を手伝っていた居候《いそうろう》と情交してしまい、それが、僅《わず》かの間に武士の姿になっていたのだから驚くのも無理はないだろう。何しろ鶴でなくとも、三吉自身が戸惑《とまど》っているのである。

先に全裸になると、三吉は一物を激しく勃起させながら布団《ふとん》に仰向《あおむ》けになった。

やがて鶴も、モジモジと腰巻を脱ぎ去り、一糸まとわぬ姿になると、胸を押さえて向き直った。

「ね、ここに立って」

添い寝する前に言い、彼は鶴を顔の横に立たせた。

「ど、どうするんです……、あん……」

足首を摑んで浮かせると、鶴が声を洩《も》らしてよろけそうになり、壁に手を突いて身体《からだ》を支えた。

そのまま三吉は、美少女の足裏を顔に乗せさせた。

「ああッ……、駄目《だめ》です、こんなこと……」

「もっと強く踏んで」

「だって、お武家様にそんな……」

「ただの山猿だよ。大丈夫だから、さあ……」

三吉は言いながら、顔中に鶴の足裏を受け止め、足首を摑んで押さえながら舌を這《は》わせた。

働き者の鶴の踵《きびす》は硬いが、土踏まずは柔《やわ》らかく生温かかった。そして縮こまった指の股《また》に鼻を割り込ませて嗅《か》ぐと、汗と脂《あぶら》に湿ってムレムレになった匂いが悩ましく鼻腔《びこう》を刺激してきた。

彼は可憐《かれん》な町娘の足の匂いを貪《むさぼ》り、爪先《つまさき》にもしゃぶり付き、順々に指の間にヌルッと舌を割り込ませて味わった。

「アア……、いけません……」

鶴は今にも座り込みそうなほど膝《ひざ》をガクガクと震わせ、か細い声で言って嫌々をした。三吉は全て舐め尽《つ》くすと、足を交代させ、そちらの蒸れた臭いも味わい、しゃぶり尽くした。

「跨《また》いで、しゃがんで……」

さらに両足首を摑んで強引に顔を跨がせ、手を引いてしゃがみ込ませていった。

「ああ……、駄目、堪忍《かんにん》……」

鶴は武士の顔に跨がり、厠《かわや》に入ったようにしゃがまされながら声を震わせ、それでも言いなりになっていった。

仰向けの三吉の顔の左右で、鶴が両足を踏ん張ってしゃがみ込むと、健康的にニョッキリした脹《ふく》ら脛《はぎ》と太腿《ふともも》がムッチリと張り詰め、陰戸《ほと》が鼻先に迫ってきた。

何という艶《なま》めかしい眺《なが》めだろう。

三吉は、厠の真下からの眺めに目を凝《こ》らした。

どんな美女も、この格好で用を足すのだ。そして彼は顔中を包む熱気と湿り気に、陶然となっていった。

二

「アア……、こんなこと、許されません……」

完全にしゃがみ込んだ鶴は、両手で顔を覆《おお》ってか細く言った。

しかし三吉は逃げられないように、下から両手で彼女の腰を抱え込んで押さえつけていた。

しゃがむと内腿の肉が量感を増し、割れ目もぷっくりと丸みを帯びた。

割れ目からはみ出す桃色の花びらはまだあまり濡れていないが、間からは可愛《かわい》いオサネも覗《のぞ》いていた。

抱き寄せ、柔らかな若草に鼻を埋め込んで嗅ぐと、甘ったるい汗の匂いが濃厚に鼻腔を搔《か》き回し、残尿臭の成分も可愛らしく胸に沁《し》み込んできた。

「いい匂い」

思わず言い、ことさら犬のようにクンクン鼻を鳴らすと、鶴は言葉もなく顔を隠したまま、ただ膝を震わせ、ヒクヒクと白い下腹を波打たせるばかりだった。

三吉は美少女の体臭で鼻腔を満たし、真下から舌を這わせた。

陰唇の間を舐めながら挿《さ》し入れ、舌先で膣口の襞《ひだ》をクチュクチュ搔き回し、小粒のオサネまで舐め上げていった。

「ああッ……！」

感じた鶴が声を上げ、思わずギュッと座り込みそうになるのを懸命に堪《こら》えた。

そして舌を這わせてオサネを刺激するうち、いつしか溢《あふ》れてきた蜜汁により、舌の動きもヌラヌラと滑《なめ》らかになり、淡《あわ》い酸味も伝わってきた。

仰向けだから割れ目に自分の唾液が溜《た》まらず、純粋に淫水の分泌されてくる様子が分かるようだった。

さらに三吉は白く丸い尻の真下に潜《もぐ》り込み、顔中にひんやりする双丘を受け止めながら谷間の蕾《つぼみ》に鼻を埋め込んで嗅いだ。

そこも、淡い汗の匂いに混じり、秘めやかな微香が可愛らしく籠《こ》もっていた。

三吉は美少女の恥ずかしい匂いを貪ってから、舌先でくすぐるようにチロチロと舐め、襞を濡らしてヌルッと潜り込ませた。

「く……！」

鶴が呻き、キュッと肛門で舌先を締め付けてきた。

彼が執拗《しつよう》に舌を蠢《うごめ》かせて粘膜を味わうと、溢れる蜜汁が鼻の頭をネットリと濡らしてきた。

充分に舌を出し入れさせてから引き離し、そのまま再び陰戸に戻ってヌメリを舐め取り、オサネに吸い付いていった。

「あうう……、駄目……、何だか、漏らしてしまいそう……」

「いいよ、出して」

鶴が息を詰めて言うと、三吉は新鮮な期待に幹を震わせて答え、さらにチュッチュッと強く吸い付いた。

「アア……、駄目、本当に……」

「大丈夫だから、して……」

鶴が切羽詰まった声を上ずらせたが、三吉は執拗に押さえて言った。

なおもオサネを吸い、尿口あたりを舐め回しているうちに、みるみる柔肉が迫り出すように丸みを帯び、急に温《ぬく》もりと味わいが変化してきた。

「あう……」

鶴が呻くなり、とうとうポタポタと温かな雫《しずく》が滴《したた》り、たちまちチョロチョロとした流れとなって口に注《そそ》がれてきた。

三吉は味わう余裕もなく、こぼさぬよう夢中で喉《のど》に流し込んだ。

しかし味も匂いも実に淡いもので、何の抵抗もなく飲み込めるのが嬉《うれ》しかった。

あとは噎《む》せないよう気をつけたが、鶴の方も懸命に力を入れ、勢いを弱めてくれているようだ。

「ああ……」

徐々に肌の強《こわ》ばりが抜けると、いつしか鶴もほっとしたような声を洩らし、居直ったようにゆるゆると放尿を続けた。すでに快感と羞恥《しゅうち》、武士に対する畏《おそ》れ多さに朦《もう》朧《ろう》となっているのだろう。

一瞬勢いが強まったが、あとは急激に流れが弱まっていった。

結局三吉は、一滴もこぼさず全て飲み干すことが出来た。流れが治まると、鶴の下腹がプルンと震え、彼は内部を舐め回して余りの雫をすすった。

「アア……、もう……」

 鶴が力尽きて喘ぎ、上体を起こしていられなくなったように突っ伏してきた。舐め尽くすと三吉は股間から這い出し、鶴を横向きにさせて添い寝してやった。

そして乳臭い髪の匂いを嗅ぎながら胸に抱き、彼女の喘ぐ唇に自分の乳首を押しつけていった。

鶴も、チュッと吸い付きチロチロと舐め回してくれた。

「ああ、いい気持ち……。嚙《か》んで……」

言うと、彼女も熱い息で肌をくすぐりながら、そっと綺麗《きれい》な前歯で乳首を挟《はさ》んだ。

「もっと強く……」

三吉は言いながら、彼女の手を取り、勃起した一物に導いて握らせた。

鶴はニギニギと無邪気に弄《もてあそ》びながら、さらに力を込めて乳首をキュッキュッと嚙んでくれた。

「ああ、いい……」

三吉は喘ぎ、彼女の手の中でヒクヒクと幹を震わせた。それで彼が悦《よろこ》んでいると知り、鶴も執拗に歯で刺激してくれた。

やがて仰向けになって彼女を上にさせると、鶴も左右の乳首を舌と歯で愛撫《あいぶ》し、さらに顔を押しやると、素直に股間まで移動していった。

大股開きになると真《ま》ん中《なか》に彼女が腹這い、股間に熱い息を籠もらせ、まずはふぐりにしゃぶり付いてくれた。

チロチロと舌が可憐に這い回って睾丸をくすぐり、袋全体が生温かく清らかな唾液にまみれた。

そして舌先で肉棒の裏側をペローリと舐め上げ、ゆっくりと先端までやって来た。

鈴口から滲《にじ》む粘液を舐め取り、張りつめた亀頭を含むと、小さな口を精一杯丸く開いてモグモグと深く呑み込んでいった。

「ああ……、気持ちいい……」

三吉は快感にうっとりと喘ぎ、美少女の口の中で、唾液にまみれた肉棒をヒクヒクと震わせた。

「ンン……」

鶴も熱く鼻を鳴らし、息で恥毛をそよがせながら唇を締め付け、笑窪《えくぼ》の浮かぶ頬《ほお》をすぼめて吸った。口の中では、クチュクチュと舌がからみつき、滑らかな感触に彼は高まった。

「いいよ、来て……」

三吉は漏《も》らしてしまう前に言い、彼女の手を引いた。

すると鶴もチュパッと軽やかな音を立てて口を離し、引っ張られるまま這い上がってきた。

股間に跨がらせ、下から先端を割れ目に押しつけると、彼女も息を詰めて位置を定め、やがてゆっくりと腰を沈み込ませていった。

たちまち一物が、心地よい肉襞の摩擦を受けながらヌルヌルッと滑らかに呑み込まれていった。

「アアッ……！」

鶴が顔を仰け反らせ、根元まで受け入れながらペタリと座り込んできた。

三吉は股間に密着する美少女の重みと温もりを味わい、両手を伸ばして抱き寄せていった。

彼女も身を重ね、力が抜けて遠慮なく体重を預けてきた。

三吉は抱きすくめ、僅かに両膝を立てて尻と内腿を味わい、温もりと感触を嚙み締めた。

そして顔を上げて潜り込み、薄桃色の可憐な乳首に吸い付いた。

舌で転がしながら、柔らかな膨《ふく》らみを顔中に受けたが、彼女は貫かれている陰戸に神経が行っているようだ。

左右の乳首を交互に含んで舐め回し、顔中で膨らみの感触を堪能した。

さらに腋《わき》の下にも鼻を潜り込ませ、汗に湿った和毛《にこげ》に沁み付いた甘ったるい匂いを貪った。

可愛い体臭に酔いしれながらズンズンと小刻みに股間を突き上げると、

「く……」

鶴が小さく呻き、奥歯を噛み締めた。

「大丈夫……？」

「はい……、平気です……」

囁《ささや》くと、鶴も健気に答えた。

やはり初回より痛みは和らいでいるようだが、まだまだ気を遣《や》るはどの快感には程遠いようだ。

それでもヌメリの量は充分なので、次第に律動がヌラヌラと滑らかになり、クチュクチュと湿った摩擦音も淫《みだ》らに響きはじめていった。

三吉は動きながら、下から鶴の唇を求めて密着させた。

ピッタリと重ね合わせると、柔らかな感触と、乾いた唾液の香りが鼻腔をくすぐってきた。さらに彼女の吐き出す、甘酸《あまず》っぱい息の匂いが鼻腔を満たし、その刺激が一物にヒクヒクと伝わった。

三吉は舌を挿し入れ、滑らかに蠢く美少女の舌を舐め回し、生温かな唾液と吐息に酔いしれていった。

三

「ね、唾《つば》を飲ませて。いっぱい……」

三吉は唇を離し、近々と迫ったまま囁いた。鶴も懸命に口の中に唾液を溜め、愛らしい唇をすぼめて垂《た》らしてくれた。

彼は舌に受け、美少女の生温かく小泡の多い粘液を味わい、うっとりと喉を潤《うるお》して甘美な悦びで胸を満たした。

「顔中に強く吐きかけて」

「そ、そんなこと、出来ません……」

言うと、鶴は驚いたように声を震わせて答えた。

「どうか、してほしい」

なおもせがむと、確かにすでに顔に足を乗せたり跨いだり、しかもゆばりまで飲ませているのだから、もう何をしようと同じと思ったか、あるいは興奮に朦朧となり、彼が悦ぶことを無意識にしたいと思ったのか、鶴はいくらも迷わずに、やがてしてくれた。

「お許しを……」

言うなり愛らしい唇をすぼめ、白っぽい唾液を滲ませると、息を吸い込んでペッと吐きかけてくれた。

「ああ……」

喘いだのは鶴である。淫水の量が格段に増し、彼の肛門の方にまでヌラヌラと伝い流れてきた。

三吉も、顔中に甘酸っぱい息とひんやりした唾液の飛沫を浴びて、うっとりとなった。唾液の固まりは頬の丸みを伝い流れ、甘酸っぱい匂いを漂《ただよ》わせて鼻腔を刺激してきた。

「もっと強く、何度も……」

股間を突き上げながら言うと、さらに鶴も自棄《やけ》になったように強く吐きかけた。

続けざまに吐き出すうち、鶴は明らかに淫気と快楽を高め、自ら激しく腰を遣いはじめていった。

「舐めて、顔中……」

抱き寄せて言うと、鶴も舌を這わせ、舐めると言うより垂らした唾液を舌で塗り付けるように、三吉の鼻の穴から頰、瞼《まぶた》や耳の穴まで生温かく清らかな唾液にまみれさせてくれた。

「い、いきそう……」

三吉は、美少女の甘酸っぱい口の匂いに刺激され、ズンズンと激しく股間を突き上げて口走った。

「アアッ……！」

「痛いかい、ごめんよ。すこし辛抱して」

「いいえ、気持ちいい……！」

鶴が喘いで言い、互いに激しく股間をぶつけ合いはじめたのである。

どうやら武士に対し、してはいけないことを繰り返すうち、彼女の中で何かが芽生え、急激に絶頂を迫らせてしまったようだった。

同時に、膣内の収縮も活発になってきた。

三吉は鶴の早い成長に喜びながら、そのまま大きな絶頂の快感に全身を貫かれてしまった。

「く……！」

突き上がる快感に呻き、熱い大量の精汁をドクドクと勢いよく内部に放つと、

「あ、熱いわ。気持ちいい……、アアーッ……！」

噴出を感じた鶴も同時に声を上ずらせて喘ぎ、ガクンガクンと狂おしい痙攣《けいれん》を開始したのだった。

三吉は、収縮する膣内の摩擦に酔いしれ、心置きなく最後の一滴まで出し尽くしていった。

鶴も股間をしゃくり上げるように激しく動き、恥毛を擦《す》れ合わせ、コリコリする恥骨まで彼の股間に押しつけてきた。さらに乳房も彼の胸に擦り、なおも耳を噛み、舌を這わせて初めての快楽に悶《もだ》えた。

何と、凄《すさ》まじいものを秘めていたことか。

三吉は、自分の力で、一見この平凡な町娘を開花させたことに大きな悦びを得ながら、すっかり満足して徐々に突き上げを弱めていった。

「ああ……、すごいわ……」

鶴は、何度も何度もヒクヒクと突き上がる快楽の嵐に口走りながら、きつく三吉自身を締め上げていたが、やがて強ばりを解き、力を抜いてグッタリと彼にもたれかかってきた。

いつまでも膣内が名残《なごり》惜《お》しげに締まり、刺激されるたび一物がピクンと反応して過敏に跳《は》ね上がった。

そして三吉は、美少女の口に鼻を押しつけ、熱い果実臭の息を胸いっぱいに嗅ぎながら、うっとりと快感の余韻《よいん》を味わったのだった……。


——藩邸に戻ると、綾芽が藩士たちに剣術の稽古《けいこ》をつけていた。

重五郎がいなくなると、もう藩士たちも江戸と国許に分かれることもなく、美しく強い綾芽の指導を嬉々《きき》として受けているようだった。

当然ながら、藩士たちで綾芽に敵うものはいない。

そして綾芽が重五郎に敗れたことは、誰も気にしていないようだった。誰が見ても重五郎の剣は相手を惑《まど》わす卑怯《ひきょう》で下劣なものだと思っているのだ。

「おお、三吉か。武士の姿が似合うぞ。一手所望」

綾芽が彼を認め、声を掛けてきた。

鶴はすぐ厨に入ってしまい、藩士たちの稽古も一段落したようだった。

「は……」

三吉は答え、藩士たちに一礼した。

「ご挨拶《あいさつ》が遅れました。桜山三吉です」

彼が言うと、藩士たちも頭を下げた。

先日は総髪で、今日は月代を剃った藩士として相まみえるのだ。しかし誰も、三吉を軽んじてはいなかった。何しろ重五郎を軽くあしらったのだから。綾芽が連れてきた謎《なぞ》の男として一目置かれているようだ。

「さあ、得物を」

「では……」

綾芽に促され、三吉も大刀を鞘《さや》ぐるみ抜いて縁側に置き、差し出された袋竹刀《しない》を受け取った。

そして襷《たすき》も掛けず、股立《ももだ》ちも取らず無造作に一礼した。

「行くぞ」

綾芽が言うので、三吉も彼女に倣《なら》って青眼《せいがん》に構えた。さすがに正面から対峙《たいじ》すると綾芽の構えは迫力があり、特殊な力がなければ肝が縮み上がっていたことだろう。

「えい！」

綾芽が裂帛《れっぱく》の気合いを発して踏み込み、素早く三吉の面を打ってきた。

見ていた藩士一同も、息を呑んで目を凝らしていた。

しかし気を込めた三吉からすれば、それは実にゆっくりした動きだ。

寸前まで引きつけてから左に跳び、振り下ろした彼女の右小手にポンと物打ちを当てた。

「く……、もう一本……！」

綾芽が口惜しげに言って跳び下がり、あらためて構えてきた。

やはり最初の男としての愛着は強いだろうが、こと剣の勝負となると、生来の負けん気が頭をもたげているようだ。

しかし結果は同じ。

何度攻撃しても、綾芽の切っ先は三吉に触れることはなく、悉《ことごと》く躱《かわ》されると同時に彼の得物が彼女の小手か胴に当てられているのだった。

「ま、参った。小憎らしいが、何て素早い……」

綾芽が負けを認め、切っ先を下ろして言うと、見ていた一同もほっと感嘆の吐息を洩らした。

「なぜそのように動ける」

「分かりません。勝手に身体が」

「ううむ、天性の素質なのだろうな……」

綾芽が唸《うな》って言い、三吉は袋竹刀を返して部屋に下がった。藩士たちは、少し休憩してから、もう少し稽古を続けるようだった。

すると彼は志摩に呼ばれ、大刀を置いて奥向きにある彼女の部屋に行った。

「大したお腕前です。姫様も、それでお心を奪われてしまったのでしょう」

「ご覧でしたか。お恥ずかしいです」

三吉は答え、座った志摩の前に端座した。

「姫様は、今日から月の障《さわ》りに入りましたゆえ、今宵《こよい》からしばらくはお呼びもかかりません」

彼女が重々しく言う。さすがに夢香も、そうした期間だけは慎《つつし》み深く我慢するようだった。

「左様《さよう》ですか。承知致しました」

「それより、昨夜は何としたことです。姫様のお口に出すとは」

志摩が眉《まゆ》を吊《つ》り上げて言い、興奮によりふんわりと甘い匂いを漂わせた。

「うわ、ご存じだったのですか。ならば途中で止めて下さればよろしかったのに」

「実は力が抜けて動けませんでした。三吉どのが姫様の陰戸を舐めるのを見ながら、つい……」

志摩が言い、頬を染めて俯いた。

どうやら彼女の興奮は、怒りではなく淫気だったようだ。

四

「わあ、ご自分の指でいじっておられたのですか」

「そなたが来てから、どうにも調子がおかしくなりました……」

三吉が言うと、志摩はモジモジと両膝を擂き合わせながら小さく答えた。

「床を敷きましょう。ご自身の指より、私がお舐めした方がずっと良いはずです」

「そんな、あからさまに……」

志摩は、さらに甘ったるい匂いを濃く揺らめかせて答えた。

どうせ、もう後戻りできないほど燃えているだろうから、三吉は立って床を敷き延べてしまった。

そして彼が脇差を置いて袴を脱ぎはじめると、もう志摩もためらわず立ち上がって帯を解きはじめた。

たちまち互いに全裸になると、志摩は仰向けになって熟《う》れ肌を晒《さら》した。

三吉は彼女の足の方に座り、足首を摑んで浮かせ、足裏に顔を押しつけて舌を這わせた。

「あう……、またそのようなことを……」

志摩はビクリと脚を震わせて呻いたが、もう彼女もすっかり、単に交接するだけの行為では物足りず、彼にいろいろされたいと思っているようだった。その証しに決して拒《こば》むことなく、羞恥や抵抗感すら快楽に変え、三吉の位置から見える陰戸はすでにヌメヌメと潤っていた。

指の股は今日も汗と脂に湿り、蒸れた匂いが悩ましく濃く籠もり、三吉は鼻を割り込ませて貪ってから、爪先にしゃぶり付いた。

「く……！」

指の間に舌が潜り込むたび、志摩はビクッと熟れ肌を波打たせて呻いた。

三吉は味わい尽くし、もう片方も味と匂いを貪ってから、ムッチリとした脚の内側を舐め上げ、股間に顔を進めていった。

「アア……、恥ずかしい……」

西日が障子《しょうじ》越しに射し込み、明るい中で股を開きながら、志摩が熱く喘ぎ、ヒクヒクと白い下腹を波打たせた。

両膝の間に顔を割り込ませ、張り詰めた内腿を舐め上げながら熱気の籠もる股間に迫った。

しかし彼は先に脚を浮かせ、豊満な尻の谷間に鼻を埋め込み、ぷっくりした蕾に籠もる微香を嗅いだ。そして美女の恥ずかしい匂いを貪ってから、舌を這わせて震える襞を味わった。

充分に唾液に濡らしてからヌルッと潜り込ませると、

「あう……！」

志摩が呻き、モグモグと味わうように肛門で舌先を締め付けてきた。

三吉は執拗に舌を出し入れさせながら粘膜を味わい、やがて脚を下ろして割れ目に迫っていった。

グイッと陰唇を開くと、指がヌルリと滑るほど大量の蜜汁が溢れていた。

奥へ指を当て直して広げると、柔襞の入り組む膣口周辺には白っぽく濁《にご》った粘液がまつわりつき、光沢を放つオサネもツンと硬く突き立っていた。

「ね、志摩様。お舐め、と命じて下さいませ」

「そ、そんな、はしたないこと……」

股間から言うと、志摩はクネクネと羞恥に腰をよじって声を震わせた。

「でも、こんなに濡れているのですから、早く舐めてほしいでしょうに」

「い、意地の悪い……、どうか苛《いじ》めないで、早く……、お舐め……、アアッ！」

志摩は口走るなり、自分の言葉に激しく喘ぐと、新たな淫水をトロトロと漏らしてきた。

三吉も、それ以上焦《じ》らすことなく、吸い寄せられるように志摩の陰戸に顔を埋め込んでいった。

柔らかな茂みに鼻を擦りつけると、汗とゆばりの混じった匂いが生ぬるく鼻腔を刺激してきた。

「ああ、いい匂い……」

「く……！」

思わず言うと志摩は奥歯を噛み締めて呻き、内腿でキュッときつく彼の顔を挟み付けてきた。そして三吉が舌を這わせると淡い酸味のヌメリが迎え、彼は膣口からオサネまで舐め上げた。

「あう……、き、気持ちいい……！」

志摩が身を反らせて言い、オサネを刺激されるたび内腿に力を込めた。

三吉も上の歯で包皮を剝《む》き、露出した突起に吸い付きながら舌でチロチロと弾《はじ》くように舐めた。

「アア……、もっと強く……」

志摩も夢中になってガクガクと腰を跳ね上げ、とうとう自ら豊かな乳房を両手で揉《も》みしだき、乳首をつまみはじめた。

「お願い、入れて……」

やがて彼女は果てそうになり、どうせなら舌ではなく一つになって気を遣りたいように言った。

三吉も舌を引っ込め、身を起こした。

「では、まず四つん這いになって下さいませ」

言うと、志摩も素直にうつ伏せになり、尻を高く突き出してきた。武家の女としては屈辱《くつじょく》的な姿だろうが、高まりに突き動かされているようだった。

三吉も膝を突いて股間を進め、後ろから腰を抱えて膣口に挿入していった。

ヌルヌルッと一気に根元まで貫くと、

「ああーッ……！」

志摩は武家の女らしくもなく声を上げ、白い背中を反らせてキュッと締め付けてきた。

三吉は肉襞の摩擦と温もりを味わいながら、ピッタリと股間を押しつけた。

すると豊満な尻が心地よく下腹部に密着して弾《はず》み、これが後ろ取り（後背位）の醍《だい》醐味《ごみ》なのだと実感した。

すぐにもズンズンと腰を突き動かし、背中に覆いかぶさり、両脇から手を回して揺れる乳房を鷲摑《わしづか》みにした。

髪の香油を嗅ぎ、耳の後ろの匂いも貪りながら腰を遣い、乳首を両手で摘《つま》んだ。

大量の淫水が溢れて動きを滑らかにさせ、彼女の内腿にまで伝い流れていった。

しかし三吉は果てることなく、いったん動きを止めて身を起こした。

「では、次は横向きに」

彼は言い、春本で読んだ体位を順々に体験しようと思った。

志摩は息を弾ませながら、ノロノロと身を横たえていった。三吉もヌルッと引き抜けないよう股間を押しつけ、彼女の下になった脚を跨いだ。

すると互いの股間が交差し、密着感が高まった。

三吉は彼女の上になった脚を真上に差し上げて両手でしがみつき、ズンズンと股間を突き動かした。

すると局部のみならず、互いの内腿も擦れ合い、これがこの体位、松葉《まつば》くずしの醍醐味なのだと思った。

しかし、まだ果てるには早い。

「どうか、仰向けに……」

言うと、志摩は息も絶えだえになりながら仰向けになってゆき、三吉もまた抜けないよう押しつけ、彼女の股間に身を置いて本手《ほんて》（正常位）となった。

身を重ねて屈《かが》み込み、左右の色づいた乳首を交互に含んで吸い、舌で転がした。

さらに軽く歯で刺激してから、腕を差し上げて腋の下にも顔を埋めた。

色っぽい腋毛に鼻を擦りつけると、まるで乳のように甘ったるい汗の匂いが馥郁《ふくいく》と鼻腔を刺激してきた。

「アア……、もう駄目……」

志摩が熟れ肌をくねらせ、ズンズンと下から股間を突き上げてきた。

それに合わせ、三吉も激しく腰を遣いはじめた。ピチャクチャと淫らに湿った摩擦音が響き、たちまち互いの動きが一致していった。

三吉は彼女の白い首筋を舐め上げ、喘ぐ口に鼻を押しつけた。

乾いた唾液に混じり、白粉《おしろい》のような甘い刺激の息が鼻腔を満たしてきた。

「ああ、いい匂い。なぜ志摩様はどこもかしこも良い匂いなのですか」

「ぞ、存じません……」

嗅ぎながら囁くと、志摩が羞《は》じらいながら小さく答え、キュッキュッときつく締め付けてきた。

そして唇を重ね、ネットリと舌をからめながら股間をぶつけるように動かした。

「ンンッ……！」

志摩は顔を仰《の》け反《ぞ》らせて熱く鼻を鳴らし、彼の舌に強く吸い付いた。

三吉は美女の生温かな唾液をすすり、豊満で柔らかな身体に身を預け、急激に高まっていった。

すると、先に彼女の方が気を遣ってしまったようだ。

「い、いい……、ああーッ……！」

淫らに唾液の糸を引いて口を離し、仰け反りながら彼女が熱く喘いだ。同時に膣内の収縮が高まり、ガクンガクンと狂おしく腰を跳ね上げて悶えた。

その勢いに巻き込まれ、続いて三吉も昇り詰めてしまった。

「く……！」

突き上がる快感に呻き、ありったけの熱い精汁を内部にほとばしらせると、

「あう……、もっと……！」

噴出を感じ、駄目押しの快感を得たように志摩が口走った。

三吉は心ゆくまで快感を貪り、最後の一滴まで出し尽くした。

そして徐々に動きを弱めながら体重を預けてゆき、収縮する膣内でヒクヒクと断末《だんまつ》魔《ま》のように幹を震わせた。

「あうう……、もう駄目、感じすぎる……」

志摩が過敏に反応し、腰をよじった。

三吉は力を抜いてもたれかかり、美女の熱く甘い息を嗅ぎながら、うっとりと快感の余韻に浸り込んでいったのだった。

五

「ああ……、まだ力が入りません……」

一緒に湯殿に来て、志摩がペタリと座り込んで小さく言った。

三吉は互いの全身に湯を浴びせ、それぞれの股間を洗い流した。

いくら指で擦っても、陰戸のヌメリは去らず、いつまでも新たな淫水が漏れてくるようだった。

「ね、こうして下さい」

三吉は簀《す》の子《こ》に座り、目の前に志摩を立たせて言った。

「どうするのです……」

「ここに足を」

言い、彼女の片方の足を浮かせて風呂桶《おけ》のふちに乗せた。そして目の前で開かれた股に顔を埋め、舌を這わせた。

湯に濡《ぬ》れた茂みの隅々は洗い流され、もう悩ましい体臭は薄れてしまったが、割れ目を舐めると淡い酸味の潤いが舌の動きを滑らかにさせた。

「アア……、また心地よく……」

志摩は喘ぎ、彼の顔に股間を押しつけながらガクガクと膝を震わせた。

「ねえ、ゆばりを放って下さい」

「な、何を言うのです。そのようなこと、出来るはずないでしょう……」

股間からせがむと、志摩が驚いたように言いビクリと身じろいだ。

「美しい志摩様が、本当に出すのかどうか知りたいのです」

「厠でしか無理です。そのような、汚いものを求めるのはおかしいです……」

「汚くないです。どうか」

三吉は、その姿勢のまま執拗にせがみ、豊満な腰を抱えてオサネに吸い付いた。

「ああッ……！」

「ほら、こんなに濡れてます。淫水もゆばりも同じようなものでしょう」

「そ、そんなに吸うと、本当に……」

志摩は吸われるたびにピクンと反応し、柔肉を蠢かせた。もう一息と思って強く吸うと、たちまち温もりが増してきた。

「アア……、駄目……」

志摩が声を上ずらせて、熟れ肌を硬直させた。

そして柔肉の味わいが変わったかと思うと、すぐにもチョロチョロと温かな流れが彼の口に注がれてきたのだった。

三吉は口に受け止め、夢中で飲み込んだ。やはり味と匂いは実に控《ひか》えめで、上品なものだった。しかし勢いは激しくなり、口から溢れた分が胸から腹に伝い、回復してきた一物を温かく浸してきた。

「ああ……、やめて……、何ということを……」

ゆるゆると放尿しながら志摩は朦朧となり、それでも彼が飲み込んでいることを知って、気を遣るに近い感覚になっているようだった。彼女からしてみれば、考えられないことをされ、激しい羞恥と抵抗感の渦《うず》の中で、一種恍惚《こうこつ》となっているのかも知れない。

勢いの頂点を越えると急激に流れが弱まり、やがて終わると、あとはポタポタと滴るだけとなった。その雫も、途中から淫水が混じって、ツツーッと糸を引くようになっていた。

三吉は残り香の中で割れ目に口を当て、舌を挿し入れて余りの雫をすすった。

しかし新たに溢れる蜜汁に、たらまちゆばりの味わいは洗い流され、淡い酸味が満ちていった。

「アア……、も、もう堪忍……」

志摩は内腿を震わせ、とても立っていられないように言うと、とうとうクタクタと座り込んできてしまった。

それを抱き留め、三吉は唇を重ねた。志摩も、ゆばりを飲んだばかりの口も厭《いと》わず密着させ、ネットリと舌をからめてきた。

「ンンッ……！」

乳房を揉むと、志摩は熱く鼻を鳴らし、甘い息を弾ませながらチュッと強く彼の舌に吸い付いてきた。

三吉も激しく勃起し、志摩の甘い刺激の息を嗅ぎ生温かな唾液をすすった。

「もっと唾を……」

囁くと、志摩も懸命に唾液を分泌させて溜め、口移しに注いでくれた。彼は芳香を含んだ小泡を味わい、心地よく喉を潤した。

「顔中にも強く吐きかけて下さい」

「そのようなこと……」

「どうせすぐ洗い流しますので」

言うと、志摩も控えめにペッと吐きかけてくれ、三吉は顔を流れる唾液のヌメリと匂いにうっとりとなった。

「ね、また入れたいです……」

「もう今日は無理です。立てなくなりますので……」

「では、お口で……」

「それならば構いません。姫様もしたことですので」

志摩が答えると、三吉は立ち上がり、風呂桶のふちに手拭《てぬぐ》いを置いて座り、彼女の目の前で股を開いた。

「もうこんなに大さく……」

志摩は言い、舐めるまえに胸を押しつけ、豊かな膨らみの谷間に挟んで両側から揉んでくれた。

「ああ……」

三吉は、肌の温もりと柔らかな感触に包まれて喘いだ。

志摩も、乳房に挟みながら屈み込んで舌を伸ばし、先端をチロチロと舐め回し、さらに張りつめた亀頭もスッポリと含んでくれた。

そのままモグモグとたぐるように喉の奥まで呑み込み、熱い鼻息で恥毛をくすぐりながら、上気した頬をすぼめて吸った。

内部ではクチュクチュと舌がからみつき、たちまち肉棒全体は美女の生温かな唾液にどっぷりと浸って震えた。

彼が小刻みに股間を突き上げると、志摩も合わせて顔を前後させ、濡れた口でスポスポと強烈な摩擦を繰り返してくれた。

「ああ……、い、いく……！」

三吉は、まるで美女の口と情交しているような快感に包まれ、あっという間に昇り詰めてしまった。

同時に、熱い大量の精汁がドクンドクンと勢いよく口の中にほとばしり、喉の奥を直撃した。

「く……！」

志摩が噎《む》せそうになって呻き、思わず口を離した。すると余りが彼女の顔中に飛び散った。

「ああ……、温かい……」

口に飛び込んだ第一撃を飲み込んだ志摩が喘ぎ、両手で拝むように幹をしごきながら先端を舐め回した。だから三吉は、口を離されても快感は続行し、心ゆくまで出し尽くしていった。

志摩の上気した頬を涙のように白濁の粘液が伝い流れ、顎《あご》から糸を引いて滴る様子は何とも妖《あや》しく艶めかしかった。

再び彼女は亀頭を含み、チロチロと先端を舐めて余りの雫をすすった。

「あうう……、どうか、もう……」

三吉は過敏に反応し、ヒクヒクと幹を震わせながら降参した。

ようやく口を離した志摩も、愛撫する側なのに、まるで彼の絶頂が伝わったようにいつまでも熟れ肌を悶えさせ、熱い呼吸を繰り返していた。

三吉は風呂桶のふちから腰を上げ、座って志摩を抱きすくめた。

「アア……、まさか私が、このようなことをするなんて……」

志摩は息を弾ませて言い、淫らに舌なめずりした。

さらに顔中を濡らした精汁を手のひらで顔中に塗り付け、もう片方の手でオサネをいじった。

「ま、またいく……、ああーッ……！」

もう立てなくなると言いつつ、志摩は自ら昇り詰めてしまい、後半は三吉がオサネをいじってやった。

やがて彼女が力尽き、グッタリと彼にもたれかかってきた。

三吉は彼女の呼吸が整うのを待ち、また互いの全身に湯を浴びせた。ようやく志摩も我に返って顔を洗い、とろんとした眼差《まなざ》しで彼を見つめた。

「私をこんなにして、生まれついての色魔……、大嫌い……」

志摩は息も絶えだえになって囁き、三吉も余韻の中で彼女を抱いてやった。大人の女が、そのときはやけに少女っぽく思えたものだった。

もっとも歳は上でも、まだまだ志摩は快楽を覚えたばかりで、それこそ鶴や夢香と変わりないのである。

そのてん三吉は、すでに多くの女を知り、すっかり手練《てだ》れになっていた。

あるいは自分は、攻撃してくる相手の動きがゆっくり見えるという力以上に、女の扱いの方が特別な力ではないのかと三吉は思ったのだった。

第五章　二人の柔肌に挟《はさ》まれて

一

「国許のじいから手紙が届き、義安の葬儀も滞《とどこお》りなく済んだようだ」

義正が、綾芽と三吉に言った。

「左様《さよう》ですか……」

綾芽が沈痛な面持ちで答える。

「ああ、娘を亡《な》くした家々にも病死ということで見舞金を渡し、義安の悪行も闇《やみ》の中だ。これにて万事済んだ」

義正が頷《うなず》いて言い、あと残るは、双子の弟を亡き者にしたという、彼の心のしこりだけであろう。だがそれも、藩や領内のためということで、次第に癒《い》えてゆくに違いない。

「二人も、このことは忘れてくれ」

「は……」

言われて、綾芽と三吉は平伏して答えた。

やがて義正が奥へ戻ると、二人も部屋を辞した。すると外で鶴も待っていて、三人で藩邸を出た。

今日は鶴の案内で、綾芽も江戸見物をする予定になっていたのだ。

例によってお堀端へ行って江戸城を見て、満開の桜の下を歩いた。

「そうか、坂下重五郎に会ったか」

「ええ、破落戸《ごろつき》の用心棒になっていました」

「あれは不快な剣を遣う。だが、もう縁はないだろう」

綾芽は言い、三人は大店《おおだな》の並ぶ大通りを過ぎ、静かな裏道に入った。綾芽は人混みを嫌い、それほど名所回りにも関心がなさそうだった。そして鶴は、二人の武士と一緒で緊張していた。

途中、茶店で休んで団子を食い、また少し歩いた。もう破落戸たちに会うこともなく、人々は桜を愛《め》でていた。

「お鶴、三吉のことが好きか？」

「は、はい……」

いきなり言われ、鶴は驚きながらも頷いて小さく答えた。

「そうか。私も三吉は好きだ。だがお前も可愛《かわい》い。どうやら私は、男と女の気持ちを両方持っているようだ」

綾芽が言う。

（これは、ひょっとして……）

三吉は淫《みだ》らな予感に、身の内を熱くさせてしまった。

相手の淫気が分かるというのも、彼の特別な力なのだろう。

綾芽は、三吉と二人でなく、鶴も入れた三人での行動を楽しげにしていた。あるいは本当に、男のような気持ちで鶴に淫気を抱きはじめているのかも知れない。

そして鶴も、思いがけなく前回に気を遣《や》ってしまい、今は淫らな快楽で頭がいっぱいのようだった。

「そこへ入って休みましょう」

三吉は裏道で、待合を見つけて言った。前に入った店より、かなり大きく旅籠《はたご》のように立派である。

三人で入ると、階下の離れに案内された。

「ほう、これは豪華な……」

綾芽が、室内を見回して言った。

広い座敷には床《とこ》が敷き延《の》べられ、しかも縁の外は葦簀《よしず》に囲われた、小さな風呂桶《おけ》があり湯が張られているではないか。手拭《てぬぐ》いも備えられ、どうやら江戸の中でも最も大きな待合のようだ。

三吉と綾芽は大小を置き、袴《はかま》を脱いで寛《くつろ》いだ。鶴は、三吉と二人だけだったら良いのに、と少々恨《うら》めしげである。

「さあ、お鶴。脱いで」

「え……？」

綾芽が淫気に目を輝かせ、鶴の肩を抱いて布団《ふとん》の方へと導いた。鶴は驚き、思わず三吉と綾芽の顔を見たが、シュルシュルと帯を解かれてしまった。

綾芽は自分も脱ぎながら、鶴の着物と腰巻まで取り去り、たちまち一糸まとわぬ姿にして布団に横たえた。

元より鶴は、大柄で強い美丈夫に逆らえるわけもない。

「ああ、何と可愛い……」

綾芽は添い寝して抱きすくめ、うっとりと言いながら唇を重ねていった。

三吉は女同士のカラミに目を見張り、自分も全て脱ぎ去った。

あるいは綾芽が、二十代半ばまで生娘《きむすめ》だったのは、嫁の貰《もら》い手がなくて諦めていたというのではなく、女同士が好きというのも原因の一つではなかったのだろうかと三吉は思った。

「ク……」

鶴は唇を奪われ、微《かす》かに眉《まゆ》をひそめて呻《うめ》いた。

しかし鶴から見れば、綾芽は男も女もないだろう。ただ三吉とは違う、れっきとした代々の武士というだけだった。

綾芽は舌を挿《さ》し入れたのか、女同士で熱い息を混じらせながら頬《ほお》を蠢《うごめ》かせ、美少女の乳房にも手を這《は》わせはじめた。

「ンン……」

鶴は熱く鼻を鳴らし、次第にクネクネと身悶《みもだ》えはじめていった。

三吉も、美女と美少女の行為を目《ま》の当たりにし、激しく勃起した。室内には、二人の混じり合った体臭が甘ったるく籠《こ》もり、強烈な光景を見ているだけで彼は果てそうなほど高まってしまった。

しかし、まだ彼は何もしなかった。女同士のカラミを見ていたい気もするし、綾芽の気が済むようにさせたいという気もあった。

ようやく女同士の長い口吸いが終わり、クチュッと唇が離れると、唾液の糸が細く引いて切れた。

鶴はすっかりぼうっと上気した表情になり、綾芽は彼女の耳を舐《な》め、首筋を舌でたどると、薄桃色の乳首にチュッと吸い付いていった。

「アア……」

鶴がビクッと震えて喘《あえ》ぎ、綾芽は左右の乳首を交互に吸って舐め回しながら、指で内腿《うちもも》をたどり、陰戸《ほと》を探りはじめた。

三吉の方からは、大柄な綾芽の背中と尻が向けられ、ほとんど鶴の姿は見えなくなった。その背中の筋肉が躍動し、引き締まった尻と太腿が蠢き、何やら妖《あや》しい牝獣が美少女を食い尽《つ》くしているようだった。

やがて両の乳首を味わってから、綾芽は鶴の肌を舐め下り、大股開きにさせて身を割り込ませ、とうとう陰戸に顔を寄せていったのである。

もう三吉も我慢できず、そろそろと這い寄り、綾芽の足裏を舐め、指の股《また》に鼻を押しつけて嗅《か》いだ。

さすがに多く歩き回ったあとだから、そこは汗と脂《あぶら》に湿り、蒸れた匂いが濃く籠もっていた。

三吉は匂いを貪《むさぼ》ってから爪先《つまさき》を舐め、両足とも味わってから、突き出された綾芽の尻に顔を押しつけた。

谷間の蕾《つぼみ》に鼻を埋《うず》めて微香を嗅ぎ、舌を這わせてヌルッと潜《もぐ》り込ませたが、綾芽は初めての女同士の陰戸に夢中になり、彼のことは子犬がじゃれつくほどにも気にしていないようだった。

三吉は充分に綾芽の肛門を舐めてから、今度は投げ出された鶴の足裏を舐め、ムレムレになった指の股の匂いを貪った。

そして爪先をしゃぶっていると、綾芽が彼の手を握って引き寄せた。

這い上がっていき、綾芽と頬を寄せ合いながら鶴の陰戸に迫った。

「私のも、このような形？」

綾芽が、指で陰唇を広げて訊《き》いてきた。

鶴の柔肉と膣口が丸見えになり、光沢あるオサネが突き立っていた。そして清らかな蜜汁が溢《あふ》れ、ヌメヌメと潤《うるお》っている。

「ああ……」

鶴は、二人分の熱い視線を受けて喘ぎ、ヒクヒクと下腹と内腿を震わせていた。

「ええ、花びらとオサネはもう少し大きいけれど、大体同じ形です」

「そう……」

囁《ささや》くと綾芽が答え、陰戸から発する熱気に彼女の甘い息が混じり、三吉は激しく興奮を高めて言った。

すると綾芽は顔を埋め込み、鶴の陰戸に舌を這わせはじめた。

三吉も同じようにし、若草に籠もる汗とゆばりの匂いと、綾芽の花粉臭の吐息を嗅いで陶然《とうぜん》となった。

さらに鶴の淫水と綾芽の唾液も入り交じり、それを舐めながら、たまに綾芽ともヌラヌラと舌をからめた。

「アア……、き、気持ちいい……」

鶴がヒクヒクと肌を震わせて喘ぎ、淫水の量を増やしていった。

「ね、私にも二人で……」

と、綾芽が顔を引き離して言い、布団に仰向《あおむ》けになっていった。

三吉は、場所が空いたので悠々《ゆうゆう》と鶴の柔肉を舐め、綾芽の唾液の混じった蜜汁をすすって、さらに彼女の腰も浮かせて尻の谷間に鼻を埋めた。

秘めやかな匂いを嗅いでから舌を這い回らせ、ヌルッと蕾に潜り込ませて粘膜を味わった。

しかしすぐに鶴は綾芽に押しやられて身を起こし、こちらに移動してきた。

三吉は、今度は仰向けになった綾芽を大股開きにさせて腹這い、鶴と一緒に股間に顔を寄せていった。

綾芽の陰戸もヌメヌメと大量の蜜汁にまみれ、三吉は鶴と頬を寄せ合い、指で陰唇を広げて覗《のぞ》き込んだ。

二

「ほら、お鶴ちゃんの陰戸もこうなっているんだよ。こんなにオサネは大きくないけれど」

指して言うと、鶴も息を詰めて女同士の割れ目に目を凝《こ》らしていた。

「アア……、お願い、色々して……」

綾芽が、二人分の視線と息を感じ、腰をくねらせてせがんだ。

先に三吉が茂みに鼻を擦《こす》りつけ、甘ったるい汗の匂いと悩ましい残尿臭を嗅ぎ、濃厚な刺激で鼻腔《びこう》を満たした。

舌を這わせると、トロリとした淡《あわ》い酸味の蜜汁が溢れてきた。

膣口の襞《ひだ》をクチュクチュと掻《か》き回し、オサネまで舐め上げながら鶴の顔を寄せると彼女も舌を伸ばしてきた。

一緒になって大きなオサネを舐めると、鶴の甘酸《あまず》っぱい息が綾芽の股間の匂いに混じり、また新たな刺激に三吉は高まってきた。

「あう……、いい気持ち……」

綾芽がヒクヒクと下腹を波打たせて呻き、トロトロと淫水を漏《も》らしてきた。

次第に鶴も息を弾《はず》ませ、抵抗感も麻痺《まひ》したように舌を這わせていた。

三吉は、オサネを舐めながら鶴にも舌をからめ、美少女の清らかな唾液と吐息に酔いしれた。

「も、もういい……、いってしまいそう……」

綾芽が、早々と済んでしまうのを惜《お》しんで言い、彼の手を握って引っ張ってきた。

どうやら、今度は三吉の番らしい。

綾芽が移動したので、彼は布団の真ん中に仰向けになった。すると二人が左右から挟《はさ》み付けてきた。

綾芽が彼の左の乳首を舐めると、鶴も真似《まね》をして右の乳首にチュッと吸い付いてきた。二人の、ほんのり濡《ぬ》れた唇が密着し、熱い息が肌をくすぐった。

それぞれの舌がチロチロと乳首を舐め、三吉も普段の倍の快感を得てクネクネと身悶えた。

「ああ……、噛《か》んで……」

喘ぎながら言うと、二人は同時にキュッと歯を立てて乳首を刺激してくれた。

「あう……、いい……、もっと強く……」

さらにせがむと、二人とも咀嚼《そしやく》するようにモグモグと噛んでくれ、彼は甘美な刺激に屹立《きつりつ》した一物をヒクヒクと上下させた。

二人は申し合わせたように彼の肌を舐め下り、交互に臍《へそ》を舐め、腰から太腿に移動していった。

どうやら一物に向かわず、日頃彼がするように足まで舐めてくれるらしい。

二人は舌を這わせ、ときにキュッと歯を立て、何やら三吉は美しい二人に全身を食べられているような興奮と快感に包まれた。

膝小僧《ひざこぞう》に舌が這い、歯が当てられると案外に感じてビクリと反応した。

やがて二人は足首まで行き、足裏を舐め回してから、左右同時に爪先にしゃぶり付いてきたのだ。

「く……、い、いいですよ、そのようなこと……」

三吉は、鶴はともかく、綾芽には畏《おそ》れ多さを抱きながら呻いて言った。

しかし二人は夢中になって全ての指の股を舐め、彼も唾液にまみれた爪先で二人の滑《なめ》らかな舌を挟み付けるという、何とも贅沢《ぜいたく》な快感を得たのだった。

舐め尽くすと、二人は彼を大股開きにさせ、脚の内側を舐め上げて股間に顔を迫らせてきた。

内腿にも舌が這い、綺麗《きれい》な歯がキュッと食い込むたび、三吉はウッと息を詰《つ》めて肌を強《こわ》ばらせた。

そしてとうとう、二人の熱い息が股間の中心部で混じり合った。

すると先に、綾芽が彼の脚を浮かせ、尻の谷間に舌を這わせてくれたのだ。鶴も一緒になって、女同士で頬を寄せ合って舐めはじめた。

交互に肛門が舐められ、それぞれヌルッと舌先が潜り込んできた。

「あう……！」

三吉は、二人の舌に犯される気分で呻き、一物は内部から操《あやつ》られるようにヒクヒクと震えた。

そしてまた彼は、美女と美少女の舌を肛門でキュッキュッと締め付けて味わうという、江戸中で最も贅沢な快感を得た。

代わる代わる舌を潜り込ませ、クチュクチュと蠢かせてから、ようやく二人は顔を上げて彼の脚を下ろした。

今度は、二人が同時にふぐりにしゃぶり付いてきた。

熱い息が混じって股間に籠もり、それぞれの舌が睾丸を転がし、袋全体を生温かな唾液にまみれさせた。

そして綾芽の舌先が肉棒の裏側をツツーッと舐め上げると、鶴も側面を舌でたどってきた。

いよいよ二人の舌先が先端に集まり、二人は交互にチロチロと鈴口を舐め回し、滲《にじ》む粘液を丁寧《ていねい》にすすってくれた。

「ああ……、気持ちいい……」

三吉は腰をよじらせ、夢のような快感に喘いで幹を震わせた。

さらに二人は同時に張りつめた亀頭を舐め回し、まるで三吉は女同士の口吸いの間に一物を割り込ませたような気になった。

綾芽がスッポリと根元まで呑《の》み込み、温かく濡れた口の中でクチュクチュと舌をからめ、吸い付きながらスポンと引き離すと、すかさず鶴が深々と呑み込んで同じように吸った。

それぞれの口の中は、温もりも感触も舌遣いも微妙に異なり、どちらも新鮮な快感を彼にもたらした。

「い、いきそう……」

代わる代わる濡れた口に摩擦され、三吉は我慢できなくなって降参した。

すると二人も顔を上げてくれ、まず先に綾芽が身を起こして一物に跨《また》がってきたのだった。

二人分の唾液にまみれた先端に陰戸を押しつけ、位置を定めてゆっくりと腰を沈み込ませてきた。たちまち屹立した一物が、ヌルヌルッと肉襞の摩擦を受けながら滑らかに根元まで呑み込まれていった。

「あぁッ……、いい……！」

綾芽が完全に座り込んで股間を密着させ、顔を仰《の》け反《ぞ》らせて喘いだ。

三吉も摩擦快感だけで果てそうになったが、何しろあとには鶴が控《ひか》えているので必死に堪《こら》えた。

綾芽は上体を起こしたまま彼の胸に両手を突っ張り、身を反らせ気味にして味わうように締め付けた。そして股間を擦りつけるようにグリグリ動かすと、段々になった腹の筋肉が妖しくうねった。

「す、すぐいく……」

綾芽はしゃがみ込んだまま調子をつけて腰を上下させ、溢れる淫水がクチュクチュと滑らかに抽送した。

鶴は、息を呑んで横で見守っていた。

たちまち膣内の収縮が活発になり、粗相したように大量の淫水が噴出した。

「いく……、アアーッ……！」

綾芽は声を上ずらせるなり、ガクンガクンと狂おしい痙攣《けいれん》を起こして気を遣った。

三吉も股間を突き上げながら、懸命に我慢し、辛《かろ》うじて暴発は免《まぬか》れたのだった。

「ああ……」

彼女は硬直を解いて喘ぎ、力尽きたようにグッタリともたれかかってきた。

そして荒い呼吸を繰り返しながらも、鶴のため股間を引き離してゴロリと横になっていった。

三吉が鶴の手を引くと、彼女もすぐに跨がってきた。

湯気が立つほど綾芽の淫水にまみれている一物の先端を、自分から陰戸をあてがって受け入れていった。

再び、三吉自身はヌルヌルッと美少女の柔肉に呑み込まれた。

「ああッ……」

鶴が喘ぎ、根元まで受け入れて座り込んできた。

三吉は、綾芽より狭い膣内に包まれ、キュッと締め上げられて快感を味わった。

鶴は起きていられず、すぐ身を重ねてきたので、三吉も両手で抱き留めた。

動くとすぐ済んでしまうので、まだ腰は動かさず、顔を上げ潜り込むようにして鶴の乳首に吸い付いた。

柔《やわ》らかな膨《ふく》らみに顔中を押しつけ、コリコリと硬くなった乳首を舌で転がし、甘ったるい汗の匂いに酔いしれた。

すると何と、横で荒い呼吸を繰り返していた綾芽が息を吹き返し、割り込むように彼の鼻先に乳首を押しつけてきたのである。

三吉は、綾芽の乳首も含んで舐め回し、二人の乳首を順々に全て味わった。

さらに鶴の腋《わき》の下に鼻を埋め、和毛《にこげ》に籠もった体臭を嗅いでから、綾芽にも同じようにし、甘ったるい濃厚な汗の匂いで鼻腔を満たした。

混じり合った匂いは何とも悩ましく、三吉は我慢できなくなってズンズンと徐々に股間を突き上げはじめていった。

「アア……！」

鶴も熱く喘ぎ、動きを合わせて腰を遣いはじめてくれた。

三吉は下から唇を求めて重ね合わせると、美少女の甘酸っぱい息を嗅ぎながらネットリと舌をからめ、生温かな唾液をすすった。

すると、また横から綾芽が顔を押しつけ、舌を割り込ませてきたのだった。

三

「ク……、ンン……」

綾芽は余韻《よいん》の中で熱く鼻を鳴らし、鶴は高まりに息を弾《はず》ませていた。

三吉は二人の蠢く舌を同時に舐め回し、二人分の生温かな唾液をすすって心地よく喉《のど》を潤した。

そして混じり合った吐息で、うっとりと鼻腔を満たした。

右の鼻の穴では鶴の甘酸っぱい息の匂いを感じ、左の穴では綾芽の花粉臭の刺激を嗅ぎ、それらの湿り気が内部で悩ましく入り交じって胸に沁《し》み込んできた。

いつしか三吉はズンズンと激しく腰を突き動かし、二人の舌を同時に舐め、かぐわしい息に酔いしれて高まった。

「唾《つば》を出して、いっぱい……」

動きを速めながら言うと、二人は大量に分泌させ、トロトロと注《そそ》ぎ込んでくれた。

三吉は混じり合った美酒を味わい、何度も飲み込んだ。

「顔中にも……」

言うと、やはり二人はためらいなく舌を這わせ、彼の両の鼻の穴から頬、耳の穴まで舐めてくれた。

舌先が両の耳の穴に潜り込んで蠢くと、聞こえるのはクチュクチュという湿った音だけ。彼はまるで頭の中まで舐められている気がした。

さらに顔中ヌルヌルにまみれながら、三吉は混じり合った匂いに刺激され、とうとう絶頂に達してしまった。

「く……、いく……！」

突き上がる快感に呻いて口走り、彼はありったけの熱い精汁をドクンドクンと勢いよく柔肉の奥に放ち、奥深い部分を直撃した。

「あ……、き、気持ちいいッ……！」

鶴は噴出を受け止めると声を洩らし、そのままガクンガクンと狂おしい痙攣を起こして気を遣ってしまった。

三吉は、膣内の艶《なま》めかしい収縮と摩擦の中、溶《と》けてしまいそうに大きな快感を心ゆくまで味わい、最後の一滴まで出し尽くしていった。

すっかり満足しながら突き上げを弱め、二人分の温《ぬく》もりを感じながら内部でヒクヒクと幹を震わせた。

そして混じり合った息の匂いを胸いっぱいに嗅ぎながら、うっとりと快感の余韻を嚙み締めたのだった……。

――三人は縁から外に出て、交互に湯に浸かって身体《からだ》を流した。

もちろん三吉は、湯殿となると例のものを求めてしまった。

「こうして……」

彼は簀《す》の子《こ》に座り、二人を左右に立たせ、それぞれの肩を跨がらせて股間を顔に向けさせた。

綾芽は右の肩を、鶴は左の肩を跨ぎ、彼はそれぞれに顔を向けて茂みを嗅いだ。しかし、やはり体臭は薄れて湯の香りが大部分だった。

それでも舌を這わせると、二人ともヌラヌラと新たな淫水を漏らし、淡い酸味で柔肉を濡らしてきた。

「ゆばりを出して……」

「え……」

二人の太腿に手を回して言うと、綾芽がビクリと肌を強ばらせて声を洩らした。

しかし鶴の方は体験しているので、ある程度予想していたか、綾芽ほどには驚かなかった。もちろん、だからといってすぐに出せるというものではなく、綾芽の動向を見守っていた。

「なぜ、そのような……」

「どうしても、出るところを見て浴《あ》びてみたいのです」

「そんな、痴《し》れたことを……、あん……！」

チュッとオサネを吸われ、綾芽は感じて声を洩らした。

三吉は二人の陰戸を交互に舐め回し、溢れる蜜汁をすすり、尿意が高まるように執《しつ》拗《よう》に吸い付いた。

「さあ、早く……」

「そ、そのようなこと……、お鶴、出せるか……」

三吉が促《うなが》すと、綾芽が腰をよじりながら鶴に言った。

「ええ……、吸われると、漏れてしまいそうです……」

「なに、出すつもりか。ならば……」

鶴が今にも出そうな状態と知ると、綾芽は後れを取るまいと思って下腹に力を入れはじめた。負けん気というと変だが、先に鶴が出てしまったら、なおさら出ないと思ったのだろう。

やがて舐めたり吸ったりするうち、とうとう綾芽の柔肉が迫り出すように丸く盛上がり、味わいと温もりが変化してきた。

「アア……」

彼女が喘ぐと、ポタポタと温かな雫《しずく》が滴《したた》り、すぐにもチョロチョロとした一条の流れとなっていった。それを舌に受けて味わうと、淡い香りが漂《ただよ》い、彼は嬉《き》々《き》として喉に流し込んでしまった。

「く……、駄目《だめ》……」

綾芽が息を詰めてガクガクと膝を震わせたが、いったん放たれた流れは止めようもなく勢いを増し、彼の口に注がれていった。

「あう……、出ちゃう……」

すると、鶴も息を詰めて言い、チョロチョロと温かな流れを放ってきた。

三吉は顔を向け、美少女のゆばりも口に受けて飲み込んだ。

こちらは綾芽より味も匂いも薄く、白湯《さゆ》のように清らかだった。

その間、綾芽の流れは彼の肩から胸へと伝い流れ、回復しはじめた一物を温かく濡らしてきた。

三吉は代わる代わる二人の割れ目に口を当てて味わい、美女と美少女の味と匂いを堪能した。

あまり溜《た》まっていなかったか、鶴の流れが先に終わり、続いて綾芽も出し切ってプルンと下腹を震わせた。

彼はそれぞれの割れ目を舐めて余りの雫をすすり、柔肉を隅々まで探った。

二人とも、新たな蜜汁を溢れさせて舌の動きを滑らかにさせ、たちまち残尿が洗い流されて淡い酸味のヌメリが満ちていった。

「アア……、もう駄目……」

とうとう立っていられずに綾芽が言うなり、力が抜けてクタクタと座り込んできてしまった。堪えていた鶴も、糸が切れたように座り、三吉は二人を抱き留めて肌の温もりを味わった。

剛胆な割りに綾芽はハアハア荒い呼吸を繰り返し、彼にしがみついていた。やはり生まれついての武家には、衝撃的な行為だったのだろう。

やがて三人は、もう一度湯で全身を洗い流し、身体を拭《ふ》いて全裸のまま布団へと戻っていった。もちろん三吉自身は、もう一回射精しないと治まらないほどピンピンに勃起していた。

「またこんなに硬く……、もう私は充分……」

綾芽が弱音を吐いて言い、鶴もまだ午後の仕事もあるだろうから、そう疲れさせるわけにもいかない。

「二人で、口でして……」

三吉は仰向けになり、まずは鶴を上にさせて顔に跨がらせ、女上位の二つ巴《どもえ》の体勢で一物にしゃぶり付かせた。さらに綾芽には、ふぐり側から幹を舐めてもらい、下半身を彼の顔の方に伸ばしてもらった。

そうすると三吉が、鶴の陰戸を舐め、可愛い肛門を眺《なが》めながら、さらに綾芽の陰戸にも指を這わせられる。

「ンン……」

鶴が亀頭にしゃぶり付いて呻き、綾芽もふぐりや幹の裏側に舌を這わせながら、鶴と熱い息を混じらせた。

三吉は二人に同時にしゃぶられ、快感に高まりながら一物を震わせた。

そして鶴のオサネを舐め、綾芽の陰戸をいじった。

どちらも熱い淫水を漏らし、感じるたびに息を弾ませ、吸引や舌の動きを活発にさせてくれた。

鶴が口を離すと、すかさず綾芽も含んでくれ、二人交互に吸い付いては舌をからめた。三吉自身は、二人分の生温かな唾液にまみれ、唇と舌の愛撫で急激に高まっていった。

果てはズンズンと股間を突き上げると、二人も代わる代わる含んではスポスポと濡れた口で摩擦してくれた。

「い、いく……、ああッ……！」

たちまち三吉は、突き上がる大きな絶頂の快感に口走り、ありったけの熱い精汁をドクンドクンと勢いよくほとばしらせてしまったのだった。

「ク……」

含んでいた鶴が、喉の奥を直撃されて呻き、第一撃をゴクリと飲み込んでくれた。

すると綾芽が一物を取り上げてパクッと亀頭を含み、余りの精汁を最後の一滴まで吸い出してくれた。

「アア……、気持ちいい……」

三吉は喘ぎながら出し切り、満足してグッタリと四肢を投げ出した。

なおも二人は股間に混じり合った熱い息を籠もらせ、一緒になって余りの雫の滲む鈴口を舐め回してくれた。

「も、もういい……」

過敏に幹を震わせ、三吉は降参するように腰をよじって言った。そして鶴の陰戸を見上げながら、うっとりと快感の余韻を味わったのだった。

四

「三吉。夢香のことなのだが、嫁に貰《もろ》うてくれぬものだろうか」

「え……！」

夕刻、また三吉は義正に呼ばれ、差し向かいに言われて目を丸くした。

「そ、そんな、まだご家来に加えてもらって間もないのに、私のようなものが……」

度肝を抜かれながら、三吉は声を震わせて答えた。元より藩主が冗談を言うはずもない。

「あの、人見知りの夢香が、お前にだけは素直だ。他のものは考えられぬ」

義正が、じっと三吉を見据《みす》えて言った。

確かに、あまりに天真爛漫《てんしんらんまん》すぎる夢香は、他藩の大名や旗本に嫁したら我《わ》が儘《まま》を言って一悶着《ひともんちゃく》ありそうだ。だから義正も、家臣の中から然《しか》るべき相手をと考えていたらしい。

それを夢香の方から、手放しで三吉に懐いてしまったのだ。

側室の子で家禄《かろく》を継ぐわけでもなく、三吉も正式な家臣となったのだから、十九の夢香も嫁にやりどきなのだろう。

「このこと、考えておいてくれ。なに、もし婚儀となるにしろ、義安の喪《も》が明けてからだから、今しばらく先のことだ」

「は……」

義正が言い置いて立ち上がると、三吉も畳に頭を擦りつけて平伏した。

それにしても、嫁でもほしいと願って山を下りてきたが、まさか大名の姫君がもらえるなどとは夢にも思っていなかったことだ。

内心では、町人だが鶴がほしいと思っていたのだが、藩主の願いとあっては夢香とのことを断るわけにもいかないだろう。それに鶴も、武家に嫁ぐ気などないに違いなかった。

そのまま三吉は、呆然《ぼうぜん》と厨《くりや》に行って夕餉《ゆうげ》を済ませ、やがて自室に戻って行燈《あんどん》の灯《ひ》を点《つ》けて床を敷き延べた。

すると、そこへ志摩が入ってきた。

「ああ、姫様のこと聞きましたか」

「ええ、そのことです」

言うと、志摩も答えて座った。

「殿にご進言下さったのは、志摩様ですか」

「そうです。どうにも姫様が三吉どのに恋い焦《こ》がれ、もし叶わなければ、今度こそ長い気鬱《きうつ》に入られることでしょう。それだけを心配しておりました。それで、お受け下さったのですね」

「むろん、私の方に断る理由はありませんが、本当に良いのだろうかと戸惑《とまど》うばかりです」

答えると、彼女も安堵《あんど》の色を見せて肩の力を抜いた。

「他に、姫様の夫となる方は居《お》りません……」

志摩は、義正と同じことを言った。

どうやら、本当に実現に向かって動きはじめているようだ。

「藩邸の外に家を設け、そこから出仕なさって下さい。いずれお役職も与えられるでしょう。私も、ずっと姫様のおそばにおりますので、家の中のことは全て私にお任せ頂きます」

彼女が言う。

志摩が一緒に来てくれれば心強いし、淫らな楽しみも残るだろうが、それにしてもまだ先々のことまでは頭がついてゆかなかった。

「ならば、もう姫様と情交しても構いませんね」

「まあ……、そのような楽しみばかりではありませんのに、ともに夫婦になるということは……」

三吉が顔を輝かせて言うと、志摩は呆《あき》れたように嘆息《たんそく》して言った。

「で、月の障《さわ》りが済むのはいつ頃でしょう」

「まだ、二日三日先です」

「では、それまでは志摩様にお願い致します。ほら、もうこんなに」

三吉は言って裾《すそ》をめくり、下帯を解いてピンピンに勃起した一物を見せた。

「まあ！　お嫁様が決まったのに、まだ私などに淫気を……」

また彼女が呆れたように言ったが、ほんのり頰が紅潮してきた。

「さあ、こちらへ」

三吉は言って志摩の手を握り、布団の方へと移動させた。

そして寝巻を脱ぎ去って全裸になると、志摩も帯を解き、手早く着物を脱ぎはじめてくれた。

途中から手伝い、腰巻から足袋《たび》まで脱がせて一糸まとわぬ姿にすると、彼は志摩を仰向けにさせた。

まずは彼女の足に屈《かが》み込み、踵《きびす》から土踏まずまで舐めながら指の間に鼻を割り込ませ、湿って蒸れた匂いを貪った。さらに爪先にしゃぶり付き、汗と脂を舐め取って味わうと、

「あう……、また、そのようなことを……。どうか姫様には、おかしなことはお控え下さいませ……」

志摩が、クネクネと熟《う》れ肌を悶えさせながら言った。

「夫婦になれば、互いさえ良ければ何をしても構わないのでは？」

「それは下々のことです。武家同士は、節度こそ全てなのです……」

志摩は息を詰めて諭《さと》すように言いつつも、じっとしていられずヒクヒクと下腹を波打たせた。

両足とも舐め尽くすと、三吉は腹這って脚の内側を舐め上げ、熱気と湿り気の籠もる股間に顔を進めていった。

「でも、ほら、志摩様もこんなに濡れて」

「う、嘘《うそ》……、ああ……」

陰戸に迫っていうと、志摩がビクッと内腿を震わせて喘いだ。

実際、割れ目内部の熟れた果肉は大量の蜜汁にヌメヌメと潤い、陰唇にまで溢れはじめていたのだ。

指で全開にすると、膣口の襞には白っぽく濁《にご》った粘液がまつわりつき、オサネも光沢を放ち、包皮を押し上げるように突き立っていた。

「アア……、見ないで……」

志摩が顔を仰け反らせて言い、しきりに両膝を閉じようと腰をくねらせた。幾つになっても少女のような羞《は》じらいを遺《のこ》し、それが魅力であった。

三吉も堪らず顔を埋め込み、柔らかく密集した茂みに鼻を擦りつけた。恥毛の隅々には、濃厚な汗とゆばりの匂いが沁み付き、嗅ぐたびに鼻腔に満ちる刺激が一物に伝わっていった。

「何ていい匂い」

「あぁッ……、嫌……」

股間から言うと、さらに志摩は羞恥に身悶え、濃く匂いを揺らめかせた。

三吉は美女の熟れた体臭を胸いっぱいに嗅ぎながら舌を這わせ、淡い酸味のヌメリを味わい、オサネに吸い付いた。

「く……、き、気持ちいい……」

志摩も快楽にのめり込み、素直な反応を示しはじめた。三吉はオサネを愛撫してから脚を浮かせ、白く豊満な尻の谷間にも鼻を埋め込んだ。

顔中にひんやりした双丘を密着させ、谷間の蕾に籠もった微香を嗅ぎ、舌を這わせて襞を濡らした。ヌルッと潜り込ませて粘膜を味わうと、

「あう……、駄目……」

志摩は次第に朦朧となりながら呻き、キュッキュッと肛門で舌先を締め付けた。

三吉は舌を出し入れさせるように蠢かせ、再び陰戸に戻って大量の淫水をすすり、オサネに吸い付いた。

「も、もう堪忍《かんにん》……、私にも……」

志摩が絶頂を迫らせて言い、三吉は身を起こして股間を進め、先端を彼女の鼻先に突きつけた。

「ンン……」

彼女も熱く鼻を鳴らし、すぐにも亀頭にしゃぶり付いて吸ってくれた。

深々と押し込むと、クチュクチュと舌が蠢き、一物は生温かな唾液にどっぷりと浸った。

三吉は何度か腰を突き動かし、口で情交するように摩擦させて高まった。

そして引き抜き、彼女の股間に戻って本手《ほんて》（正常位）で先端を進めていった。

亀頭を割れ目に擦りつけて位置を定め、感触を味わうようにゆっくり押し込んでいくと、

「ああッ……、いい……」

志摩が顔を仰け反らせて喘ぎ、肉棒もヌルヌルッと滑らかに根元まで没した。

三吉は肉襞の摩擦を味わい、温もりと感触に包まれて股間を密着させると、すぐに身を重ねていった。

屈み込んで豊かな乳房に顔を埋め、色づいた乳首を含んで舌で転がした。

もう片方も舐め回し、さらに腋の下にも顔を埋め、腋毛に鼻を擦りつけて濃厚に甘ったるい汗の匂いで胸を満たした。

「アア……、突いて、強く奥まで……」

志摩が喘いで言い、待ちきれないようにズンズンと股間を突き上げてきた。

三吉も合わせて腰を遣いはじめ、何とも心地よい摩擦にうっとりと酔いしれて高まった。

大量に溢れてくる蜜汁が律動を滑らかにさせ、クチュクチュと淫らに湿った音が響いた。志摩も下から両手を回してしがみつき、三吉の背に爪まで立てて腰を突き上げ続けた。

彼は白い首筋を舐め上げ、上からピッタリと唇を重ねた。

「ンンッ……！」

志摩もチュッと吸い付きながら熱く鼻を鳴らし、三吉は美女の甘い唾液と吐息を貪りながら腰の動きを速めていった。

彼は滑らかに蠢く美女の舌を舐め、生温かな唾液をすすった。そして彼女の口に鼻を押しつけ、湿り気ある甘い白粉《おしろい》臭の息で胸を満たし、股間をぶつけるように突き動かした。

「い、いく……、アアーッ……！」

すると志摩が口を離し、身を弓なりに反らせて喘ぐなり、ガクンガクンと狂おしく腰を跳ね上げて気を遣ってしまった。

膣内の収縮も最高潮になり、続いて三吉も昇り詰め、熱い大量の精汁を勢いよく柔肉の奥に注入した。

「あう、熱い、もっと……！」

噴出を感じ、駄目押しの快感を得た志摩が口走り、キュッキュッときつく彼自身を締め付けてきた。

三吉は心ゆくまで快感を味わい、最後の一滴まで出し尽くしていった。

そして動きを弱め、満足げに力を抜いて熟れ肌に身を預けていった。

胸の下では豊かな乳房が押し潰れて弾み、彼女の呼吸に合わせて小柄な三吉の全身も緩《ゆる》やかに上下した。

「ああ……、良かった……」

志摩も満足げに声を洩らし、徐々に強ばりを解いてグッタリと力を抜いて手足を投げ出していった。

三吉は、まだ息づくような収縮を繰り返す膣内でヒクヒクと幹を震わせた。

「あう……、じっとしていて……」

志摩も感じすぎるように声を洩らし、さらに締め付けてきた。三吉は弾力ある肌に体重をかけ、美女の甘い息を嗅ぎながら余韻に浸っていったのだった。

五

「こたびのこと、本当に私などでよろしいのでしょうか……」

三吉は夢香の寝所を訪ね、平伏して言った。

まだ彼女は臥《ふ》せっており、室内には生ぬるく甘ったるい体臭が、悩ましく濃厚に籠もっていた。

「ええ、そなたの他は考えられません。でも、兄上もじいも許してくれて本当に良かった……」

夢香が言い、笑みを洩らした。喜色によるものか顔色も悪くなく、もう間もなく普通に情交出来るようになるだろう。

「はい。畏れ多いですが、よろしくお願い致します」

「嬉《うれ》しい。婚儀が待ち遠しいです。三吉、来て……」

言うと、夢香が手を伸ばした。三吉も誘われるまま添い寝すると、彼女は胸元を開き白い乳房を露《あら》わにした。

もう藩主公認の許婚《いいなずけ》だから、今日は志摩も次の間に控えていない。

三吉は乳首に吸い付き、柔らかな膨らみに顔を押しつけて感触を味わった。

「ああ……、いい気持ち……」

夢香がうっとりと喘ぎ、甘ったるい汗の匂いを揺らめかせた。

湯浴みもしていないようで、いつになく体臭が濃く、その刺激が悩ましく一物に響いてきた。

三吉は左右の乳首を交互に含んで舐め回し、乱れた寝巻に潜り込んで腋の下にも鼻を埋め込んだ。和毛の隅々には、濃厚な匂いが籠もり、彼は嗅ぎながらうっとりと酔いしれた。

「ね、陰戸を舐めてもいいですか」

「まだ今日は駄目」

「オサネだけでも」

「いけません。我慢して」

せがんだが、夢香は頑《かたく》なに拒《こば》んだ。いかに天真爛漫でも、こうした状態のときは、さすがに抵抗感があるようだった。

「その代わり、お口でして差し上げます」

夢香が囁くと、三吉も下帯を解いて期待に勃起した一物を露わにした。

「では、高まるまでこのように……」

三吉は仰向けになって言い、彼女に腕枕してもらった。

そして一物に指を這わせてもらいながら、上から唇を重ねさせた。

夢香も、ニギニギと肉棒を揉み、ネットリと舌をからめはじめてくれた。

三吉は姫君の舌を舐め、熱く湿り気ある吐息で鼻腔を満たした。可憐《かれん》な口から吐き出される甘酸っぱい匂いが、今までいちばん濃く、その刺激が心地よく胸に沁み込んでいった。

さらに大きく開いた口で鼻を覆《おお》ってもらい、三吉は姫君の口の中を胸いっぱいに嗅ぎ、悩ましい果実臭に高まっていった。

「どうか、唾を……」

囁くと、夢香もことさら多めに唾液を分泌させ、口移しにトロトロと吐き出してくれた。

三吉は、生温かく小泡の多い粘液を味わい、うっとりと飲み込んで喉を潤した。

そして姫君の唾液と吐息を心ゆくまで味わうと、指に愛撫されながら絶頂が迫ってきた。

「ど、どうか、お願いします……」

言うと、夢香も身を起こし、一物に顔を寄せて屈み込んでくれた。

熱い息が股間に籠もり、夢香は先端にしゃぶり付いてきた。同時にふぐりも手のひらに包み込み、指先で付け根を微妙に揉んでくれた。

「ああ……」

三吉は快感を受け止めながら喘ぎ、やがて妻となる姫君の舌の蠢きに身悶えた。

夢香はチロチロと無邪気に鈴口を舐め、滲む粘液を味わいながら張りつめた亀頭をスッポリと呑み込んできた。

さらにモグモグと根元までたぐるように含み、小さな口で幹の付け根を丸く締め付けて吸い付き、内部ではクチュクチュと舌が蠢いた。

たちまち肉棒全体は、姫君の生温かく清らかな唾液にまみれて快感に震えた。

三吉がズンズンと小刻みに股間を突き上げると、夢香も顔を上下させ、唾液に濡れた口で強烈な摩擦を繰り返してくれた。

「ンン……」

先端がヌルッとした喉の奥の肉に触れるたび、彼女は小さく呻き、新たな唾液をたっぷりと溢れさせた。

たまに当たる歯も、実に新鮮な快感をもたらしてくれた。

「い、いく……、姫様、ああッ……！」

とうとう三吉は大きな絶頂の快感に全身を貫かれ、喘ぎながら熱い大量の精汁をドクドクと勢いよくほとばしらせてしまった。

「ク……」

噴出を喉の奥に受けた夢香は、噎《む》せそうになって小さく呻いた。しかし何とか飲み込み、余りを吸い出してくれた。

「アア……、いい……」

三吉は射精しながら、溶けてしまいそうな快感に喘いだ。

夢香が強く吸うものだから、何やらふぐりから直接吸い出され、魂《たましい》まで吸い取られるような激しい快感が突き上がった。

無邪気に吸っているだけなのだろうが、それが大きな快感となり、三吉は最後の一滴まで心置きなく出し尽くした。

ようやく三吉がグッタリと力を抜き、四肢を投げ出すと、夢香も口に溜まった分を全てコクンと飲み込み、チュパッと口を離してくれた。

なおも彼女は幹をしごき、鈴口から滲む余りの雫まで丁寧《ていねい》に舐め取り、射精直後の亀頭が過敏にヒクヒクと震えた。

「あうう……、も、もう結構です。有難《ありがと》うございました……」

三吉は腰をよじって呻き、夢香もようやく舌を引っ込め、再び添い寝すると甘えるように縋《すが》り付いてきた。

「三吉の精汁を飲むと、元気になる……」

夢香は囁き、三吉も余韻の中で姫君の甘酸っぱい息を間近に嗅いだ。吐息に精汁の生臭さは残らず、さっきと同じ悩ましい果実臭だった。

やがて彼は呼吸を整えると、そろそろと起き上がって身繕《みづくろ》いをした。

すると夢香は、またいつしか軽やかで無心な寝息を立てていたのだった。

三吉は、そっと掻巻《かいまき》を掛けてやり、静かに寝所を出て行った。

自分の部屋に戻ると、綾芽が来て言った。

「果たし状だ」

「え……?」

淫気で来たのではなく、恐いほど緊張に引き締まった表情で言われ、三吉も思わず聞き返した。

「坂下重五郎からだ。私とお前とで、暮れ七つ半（午後五時頃）、明神の杜《もり》で待つとあった。向こうも二人らしい」

「そうですか……」

「お前を妬《ねた》んでのことだろうが、行かざるを得まい。いずれ大きな悪さをする輩《やから》だ。これを機に屠《ほふ》った方が町のため」

「分かりました。ではご一緒に行きましょう」

三吉は答え、綾芽とともに気を引き締めたのだった。

第六章　行き着く先は快楽の宴《うたげ》

一

「来たか。当方も二人きりだ。安心しろ」

三吉と綾芽が西日の射す杜《もり》に入ると、すでに来ていた重五郎が、不敵な笑みを洩《も》らして言った。

もう一人は、破落戸《ごろつき》の親玉であろうか。腰に長脇差《ながわきざし》をぶち込んだ四十年配の太った男である。

「藩を追われたは、己が性《さが》の卑《いや》しさであろう。三吉を妬《ねた》むなど以《もっ》ての外《ほか》」

綾芽が身構えながら言うと、重五郎が笑みを消して顔を歪《ゆが》めた。

「妬みではない。こんな隙《すき》だらけの小僧に負けるのは合点がゆかぬだけ。決着を付けたのち、お前を抱きながら喉《のど》を刺してやろう」

重五郎が言うと、綾芽は不快感に眉《まゆ》をひそめた。

「嫉妬《しっと》でなくば、もう一つ教えてやる。三吉は、姫君と夫婦になるぞ。お前が望んだことを、全て三吉は苦もなくやってのける」

「なに……」

動揺を煽《あお》ろうというのか、綾芽が言うと、思惑通りに重五郎が眉を険しくさせた。

「いいだろう。気の毒だが婚儀の前に今宵《こよい》が命日だ」

重五郎が、大刀をスラリと抜き放った。

綾芽も腰を落として鯉口《こいぐち》を切った。しかし申し合わせていたらしく、破落戸の方が前に出てきたのだ。

男は長脇差ではなく、懐中から短筒を取り出し、銃口を三吉に向けた。

「なに、卑怯《ひきょう》な……」

綾芽が目を見開き、言って唇を噛《か》み締めた。

構えた短筒は、どこで手に入れたものか雷管式の二連発銃。並んだ二つの銃口が、真《ま》っ直《す》ぐに三吉の胸に向けられていた。

「さあ、逃げてみな。さんざん稽古《けいこ》したんだ。この近さなら外しはしねえ」

男が笑みを浮かべ、舌なめずりして言った。

しかし三吉は怯《ひる》みもせず、大刀でなく脇差を抜き放った。

「ほう、向かってくるか、坊や。なぜ短い方を抜いた」

「弾を受けるには、軽い方が良い」

言われて、三吉は静かに答えた。

見ていた綾芽は抜刀も忘れて立ちすくみ、重五郎もまた三吉の落ち着きに不安を隠せなくなったようだ。

「受けるだってえ？　そんな見世物みてえなこと、出来るものならやってみろってんだ！」

男は言うなり、狙《ねら》いを付けて引き金を引いた。

パーン！　と鋭《するど》い音が耳をつんざいたが、三吉は微動だにせず、気を込めて弾丸を見据《みす》えた。

周囲から音が消え、ゆっくり飛来する弾丸が西日の中ではっきり見えて三吉の方に飛んできた。

三吉は脇差の鍔《つば》を向け、キーン！　と受け止めた。弾《はじ》かれた弾丸は斜めに飛んで竹の幹で音を立てた。

「な、なに……！」

男は目を丸くし、もう一度引き金を引いて轟音《ごうおん》を響かせた。

しかし弾丸が飛来しても、結果は同じ。三吉は難なく鍔で弾き返し、二発の弾丸は尽きた。

「こ、こんなことってあるか。化け物め……！」

男は声を震わせ、短筒を懐中に納めて言うなり踵《きびす》を返し、脱兎《だっと》のごとく逃げ出してしまった。

三吉は追わず、重五郎を振り返った。

「そこまでだ。刀を捨てろ」

何と、僅《わず》かの隙に重五郎は綾芽を羽交《はが》い締《じ》めにし、切っ先を喉元に突きつけていたのである。綾芽もまた、三吉が撃たれるのではないかと固唾《かたず》を呑《の》んで見守り、隙だらけだったのだろう。

「く……！」

さすがに三吉も硬直した。

「大小ともだ。遠くへ放れ！」

重五郎が言い、切っ先を綾芽の首筋に触れさせた。彼女も大刀の柄を握ったまま身動きもならず、口惜《お》しげに奥歯を嚙み締めるだけだった。

三吉は脇差を納め、大小とも鞘《さや》ぐるみ帯から抜いて、遠くへと投げ捨てた。

「よし、それでいい」

重五郎は言うなり、羽交い締めにしていた綾芽をドンと突き飛ばした。そして大刀を一閃させて彼女に斬りつけたのだ。

「あッ……!」

左腰を斬られた綾芽が声を上げ、袴《はかま》と奥の帯を両断されたか、大小の刀がガチャガチャと落ちた。

そして重五郎はすかさず、丸腰の三吉に迫って斬りつけてきたのである。

あとで抱くつもりか綾芽には致命傷を負わせず、大小を落とさせただけだった。元より剣の腕は、綾芽を上回っているという自負が重五郎にはあるだろう。

しかし三吉に対しては、完全に殺気を丸出しにさせ、渾身《こんしん》の力で振りかぶってきたのだった。

三吉は気を込め、振り下ろされる刀を注視しながら間合いを計った。

そして手を伸ばすと、重五郎の脇差を抜き取り、攻撃を躱《かわ》しながら切っ先を相手の喉笛に深々と突き刺していたのである。

「ぐ……!」

硬直した重五郎が呻《うめ》き、ガクリと膝《ひざ》を突いた。

三吉は、噴出する返り血も浴《あ》びずに、回り込んで綾芽の方へと行った。

「お、お前は、鬼の子か……」

綾芽は呆然《ぼうぜん》とし、かすれた声を絞《しぼ》り出して言った。

「大丈夫ですか」

「あ、ああ……、腰を少々……」

言って駆け寄ると、綾芽は落ちた大小を拾って答えた。

しかし袴の紐《ひも》も帯も切断され、差すことは出来なくなっていた。しかも裂《さ》けた袴の隙間から、血が流れていた。

「斬られています」

三吉は言い、袴と着物をめくって傷の様子を見た。左腰から尻の丸みにかけ、浅く裂けて血が流れていた。

「かすり傷だろう」

「ええ、でも」

彼は答えて膝を突き、綾芽の傷に舌を這《は》わせた。確かに深手ではなく、間もなく血も止まるだろう。三吉は生温かな血を舐めて傷を癒《い》やし、裂けた袴をさらに細長く破いて腰に巻いてやった。

「それにしても、なぜあんなに速く動けるのだ……」

綾芽は言い、あとは自分で腰を縛《しば》った。

帰りは暗いので、あとは襤褸《ぼろ》と化した袴を巻き付け、彼女の大小は三吉が持って帰れば良いだろう。

突《つ》っ伏《ぷ》した重五郎は、すでに事切れていた。

「人を、殺《あや》めてしまいました……」

「構わぬ。相手は無頼だ。役人にも届けなくて良かろう。どうせ逃げた男が、あとで見に来て片付けるだろう。ねえ三吉、それより、したい……」

と、綾芽が言って身をすり寄せてきた。

どうやら死闘の直後で、藩邸へ帰るのも待ちきれないほど淫気が高まってしまったようだ。

三吉は自分の大小を拾い、綾芽を支えながら柔《やわ》らかな草の上まで移動した。それに重五郎の遺骸《いがい》からも離れたかったのだ。

「じゃ、顔に跨《また》がって下さい」

彼は言って袴と下帯を脱ぎ、草に仰向《あおむ》けになった。

すると綾芽も、ためらいなく着物の裾をめくり、三吉の顔に跨がりしゃがみ込んできた。

脹《ふく》ら脛《はぎ》と内腿《うちもも》をムッチリ張り詰めて股間を迫らせると、尻に巻いた布から鮮血が滲《にじ》み出ていた。しかし今は三吉も激しく淫気を高め、そんな眺《なが》めすら新鮮に興奮を掻《か》き立ててきた。

下から両手で彼女の腰を抱えて引き寄せ、柔らかな茂みに鼻を埋《うず》め込むと、汗とゆばりの匂いが濃く鼻腔《びこう》を刺激してきた。

三吉は何度も吸い込み、美女の濃厚な体臭で胸を満たし、舌を這わせはじめた。

陰唇の内側に舌を挿《さ》し入れると、すでにそこは熱い大量の蜜汁にまみれ、淡《あわ》い酸味のヌメリが口に流れ込むほどだった。

息づく膣口の襞《ひだ》を舐め回し、大きめのオサネにチュッと吸い付くと、

「アアッ……！」

綾芽が熱く喘《あえ》ぎ、思わずギュッと彼の鼻と口に陰戸《ほと》を押しつけてきた。

三吉はチロチロと弾くように舐め、さらに引き締まった尻の谷間にも潜《もぐ》り込んで、蕾《つぼみ》に鼻を押しつけて嗅《か》いだ。

生々しく秘めやかな匂いが鼻腔を刺激し、彼は激しく興奮した。

舌を這わせて襞を濡《ぬ》らし、ヌルッと潜り込ませて粘膜を味わうと、

「く……、いい気持ち……」

綾芽が呻《うめ》き、キュッキュッと味わうように肛門で舌先を締め付けてきた。

陽が西の彼方に没し、間もなく暮れ六つ（午後六時頃）の鐘の音が響き、杜には藍《あい》色《いろ》の夕闇が立ち籠《こ》めていった。

二
「アア……、私も……」

綾芽が喘ぎながら言い、三吉の顔の上で身を反転させた。

そして屈《かが》み込んで、勃起した一物を根元まで含んできたのだった。

「く……」

三吉は、再び彼女の陰戸を舐め、ヌメリをすすりながらオサネに吸い付いた。

綾芽も熱い鼻息でふぐりをくすぐり、深々と呑み込んで肉棒を吸い、クチュクチュと激しく舌をからみつけてきた。

互いに、最も感じる部分を貪《むさぼ》り合い、二人とも高まってきた。

やがて綾芽は、生温かな唾液にまみれた肉棒からスポンと口を引き離し、身を起こして再び向き直った。

仰向けの彼の一物に跨がり、先端を膣口に受け入れ、ヌルヌルッと一気に腰を沈めてきた。

「アアッ……！　いい……」

綾芽は根元まで柔肉に納め、完全に座り込んで喘いだ。

密着した股間をグリグリと擦《こす》りつけ、自ら胸元を開いて身を重ねてきた。

三吉も顔を上げ、乱れた胸元に潜り込んで乳首を吸い、内に籠もった濃厚に甘ったるい汗の匂いに噎《む》せ返った。

コリコリと硬くなった乳首を舌で転がし、柔らかな膨《ふく》らみを顔中で味わいながら、軽く歯を立てると、

「あう……、もっと強く……」

綾芽が呻いて言い、キュッときつく肉棒を締め上げてきた。

三吉も、左右の乳首を交互に含んで舌と歯で充分に愛撫してから、両手でしがみつきながらズンズンと股間を突き上げはじめた。

「ああ……、いきそう……！　もっと……」

綾芽がビクッと顔を仰《の》け反《ぞ》らせて喘ぎ、自らも突き上げに合わせて艶《なま》めかしく腰を

遣ってきた。溢《あふ》れる淫水が動きを滑《なめ》らかにさせ、暗い杜にクチュクチュと淫《みだ》らに湿った摩擦音が響いた。

三吉は彼女の汗ばんだ首筋を舐め上げ、唇を求めていった。

綾芽も上からピッタリと唇を重ね、熱い息を籠もらせながらチロチロと舌をからみつかせてきた。

あまりの緊張に口の中が渇き、いつもの花粉臭の息が実に濃厚に彼の鼻腔を刺激してきた。

三吉は濃い息の匂いに酔いしれながら、滑らかに蠢《うごめ》く舌を舐め、徐々に滴《したた》ってくる生温かな唾液でうっとりと喉を潤《うるお》した。

その間も綾芽の腰の動きが速くなり、股間をしゃくり上げるように擦ってきた。

「傷が痛みませんか……」

「痛いけど気持ち良い……」

囁《ささや》くと綾芽が答えた。

さらに三吉が彼女の口に鼻を押し込んで芳香を嗅ぐと、綾芽も舌を這わせ顔中を舐め回してくれた。

「ああ、いきそう……」

唾液にまみれ、悩ましい匂いに包まれながら三吉は山走った。そして絶頂を目指して股間を突き上げると、

「い、いく……、ああーッ……！」

先に綾芽が声を上ずらせ、ガクガクと絶頂の痙攣《けいれん》を開始した。

続いて三吉も、心地よい肉襞の摩擦の中で昇り詰め、ありったけの熱い精汁をドクンドクンと勢いよく内部にほとばしらせた。

「あう……、いい……！」

奥深い部分に噴出を感じ、綾芽は呻きながらキュッときつく締め付けてきた。

三吉は激しく股間を突き上げて快感を貪り、心置きなく最後の一滴まで出し尽くしていった。

すっかり満足すると、徐々に動きを弱めて力を抜いた。

「アア……、いつまでも、こうして一つでいたい……」

すると綾芽も声を洩らしながら、肌の硬直を解きグッタリと体重をかけてもたれかかってきた。

互いに荒い息を混じらせ、三吉は収縮する膣内で幹を震わせた。

そして濃厚に甘い吐息の匂いに鼻腔を刺激されながら、彼がうっとりと余韻《よいん》を嚙み

締めていると、綾芽の喘ぎがいつまでも止まず、それがいつしかか細い嗚咽《おえつ》になっていった。

「な、泣いているんですか、綾芽様……」

「お前が、間もなく姫様と夫婦になると思うと寂《さび》しくて……」

言うと、綾芽が涙声で答えた。

「そんな、これからも綾芽様は、私にとって大切な方ですので、お嫌でなければいつでも情交を」

三吉も、虫の良いことを言った。

「いや、姫様の目を盗んでの情交など……」

綾芽はきっぱりと答え、彼の顔にポタポタと大粒の涙をこぼした。

三吉は抱き寄せ、濡れた頬《ほお》と睫毛《まつげ》を舐め、湿った鼻の穴にも口を当ててヌメリをすってやった。

綾芽の生ぬるい鼻汁は、味も粘《ねば》つきも彼女自身の淫水そっくりだった。

このような情景を、死んでいる重五郎はどのように思っていることだろう。

やがて綾芽は袖《そで》で涙を拭《ふ》いて呼吸を整え、そろそろと股間を引き離していった。

三吉も起き上がり、懐紙で互いの股《また》を拭《ぬぐ》ってから身繕《みづくろ》いした。

立ち上がって大小を帯びると、彼は綾芽の大小まで腰に差し、乱れた袴を縛って支えながら杜を出た。

すると一陣の夜風に、はらはらと桜吹雪が二人の上に舞い降りてきた。

見上げると十三夜の月が浮かび、二人は月光の中で身を寄せながら藩邸へと帰ったのだった……。


――綾芽の腰と尻の傷は、医者を呼ぶまでもなく血は止まっていた。

三吉は彼女の部屋で、あらためて傷口を焼酎《しょうちゅう》で消毒し、軟膏《なんこう》を塗《ぬ》って布を当て、晒《さら》しを巻いてやった。

「済まぬ……」

「いいえ、では私は戻ります」

「今日の決闘のことは二人だけの秘密としよう。もっとも破落戸が、重五郎から岸根藩のことを聞いていて、ここへ役人が来るようなことがあるかも知れぬが、そのときは私が応対する」

「はい、承知しました」

三吉は答え、綾芽の部屋を出た。

そして厨《くりや》で軽く湯漬けを食してから自室に戻り、すぐ横になったのだった。やはり生まれて初めて人を殺めたことは胸を痛めた。

しかし結局、その後も藩邸に役人が来るようなこともなく、破落戸たちとの件も、これにて終わったのであった。

三

「お姫様とご一緒になるのですね」

三吉が鶴を部屋に呼ぶと、彼女が言った。もう藩士たちの中でも噂《うわさ》になっているようだ。

まあ、もう事実なのだから構わないだろう。

「うん、ごめんよ。本当はお鶴ちゃんを嫁にほしかったのだけれど」

「そ、そんなこと、無理です……」

言うと、鶴は目を丸くして答えた。最初から彼女は、三吉と一緒になりたいなどとは微塵《みじん》も思っていなかったのだろう。

「それに私は一人娘だから、お屋敷のご奉公が終われば婿《むこ》養子を取ることになっています」

「そうか。もう相手は決まっているのかな?」

言われて、三吉は微《かす》かに嫉妬に胸を痛めながら訊《き》いた。

「いえ、こないだ帰ったとき、おっかさんから何人かいると聞きましたが、まだ誰にするか分かりません」

鶴が屈託《くったく》なく言う。どうやら彼女の母親も家付きで、父親は養子。米問屋の実権は母親が握っているようだった。

「そう、でもどちらにしろ、お鶴ちゃんも間もなくご新造なんだな……」

「でも心配です。私、三吉様に何もかも教わってしまったから、初めての振りが出来るかどうか……」

鶴が、大きな目で彼を見つめながら言った。

「ああ、うぶな相手を見つければ良いさ。でも、ちゃんと足や尻を舐めてくれる人だといいね」

「やっぱり、誰も彼もするとは限らないのですね……」

「でも、物足りなかったら私を訪ねてくればいいさ」

三吉は言いながら、もう我慢できなくなって手早く床《とこ》を敷《し》き延《の》べた。そして鶴を抱きすくめ、乳臭い髪に顔を埋めた。

「ああ、可愛《かわい》い……」

淫気を高めながら囁き、笑窪《えくぼ》の浮かぶ頬に手を当てて顔を上向かせ、ピッタリと唇を重ねていった。

「ンン……」

鶴も目を閉じ、熱く鼻を鳴らしてうっとりともたれかかってきた。

綾芽との三人の行為も夢のように心地よかったが、やはり秘め事は二人きりの方がずっと淫靡《いんび》な雰囲気《ふんいき》があると実感した。

三吉は美少女のぷっくりした唇の感触と、清らかな唾液の湿り気を味わいながら舌を挿《さ》し入れ、滑らかな歯並びと八重歯《やえば》を舐めた。

彼女が歯を開くと、口から甘酸《あまず》っぱく可愛らしい匂いが漂《ただよ》った。

舌をからめると、彼女も遊んでくれるようにチロチロと蠢《うごめ》かせ、次第に激しくからみつけてくれた。

三吉は執拗《しつよう》に美少女の舌を舐め回し、清らかな唾液と吐息を貪りながら、彼女の帯を解きはじめていった。

「じゃ、全部脱ごうね」

口を離して囁くと、鶴も素直にこっくりし、立ち上がって脱ぎはじめてくれた。

三吉も手早く脱ぎ、下帯まで取り去って全裸になると、布団《ふとん》を敷き延べて仰向けになった。

「じゃ、またここに座ってね」

一糸まとわぬ姿になって振り向いた鶴に言い、手を引いて下腹を跨がせた。

「ああん……、姫様の旦那様になる人を跨ぐなんて……」

「大丈夫だよ。さあ」

何が大丈夫か分からないが、尻込みする彼女を下腹に座らせると、両脚を伸ばさせ足裏を顔に乗せさせた。

「アア……！」

鶴が畏《おそ》れ多さに声を震わせながらも、ほんのりと濡れた陰戸を彼の腹に密着させてきた。

彼は顔中に美少女の両足を受け止め、舌を這わせながら指の股《また》の匂いを嗅いだ。

そこは汗と脂《あぶら》に湿り、今日も蒸れた匂いが悩ましく沁《し》み付き、心地よく鼻腔を刺激してきた。

美少女の全体重と温もりを感じ、充分に足の匂いを嗅いでから爪先《つまさき》にしゃぶり付くと、鶴がクネクネと腰をよじって息を弾ませた。

「ああ……、駄目《だめ》、くすぐったいです……」

彼女も、するたびに感度が良くなり、蜜汁の量も増えてきた。

どうやら武士相手に、してはいけないことをすると、激しく感じるようだった。

最初に気を遣《や》ったのも、そうした状況だったから、可憐《かれん》な鶴の内部には、いけないことを好むような性が秘められているのかも知れない。

三吉は、彼女の両足とも、全ての指の間を舐めてから、手を引っ張って顔に跨がらせていった。

鶴も恐る恐る前進し、とうとう彼の顔にしゃがみ込んでくれた。

ぷっくりと丸みを帯びた割れ目が、三吉の鼻先に迫り、ふんわりとした熱気と湿り気が顔中を包み込んだ。

「ゆばりは出る？」

「で、出ません、さっき済ませたばかりだから……」

真下から聞くと、鶴がビクッと内腿を震わせて答えた。

やはり、ゆばりを出すのだけは苦手なようだ。

それでも陰戸は、ヌメヌメとした大量の蜜汁にまみれていた。

三吉は腰を抱えて引き寄せ、柔らかな若草に鼻を擦りつけて嗅いだ。

隅々には、やはり濃厚に甘ったるい汗の匂いと、悩ましいゆばりの匂いが入り交じって籠もり、彼の鼻腔を心地よく刺激してきた。

三吉は何度も深呼吸して美少女の体臭を貪り、舌を這わせて淡い酸味のヌメリをすすった。

舌先で息づく膣口の襞をクチュクチュと掻き回し、ツンと突き立ったオサネまで舐め上げていくと、

「ああッ……、いい気持ち……」

鶴が声を震わせ、ヒクヒクと下腹を波打たせて喘いだ。

彼は執拗にオサネを吸っては滴る淫水を舐め取り、さらに可愛い尻の真下に潜り込んでいった。

顔中に白く丸い双丘を受け止め、谷間の蕾に鼻を埋めて嗅ぐと、秘めやかな微香が悩ましく胸に沁み込んできた。

三吉は充分に嗅いでから、舌先でチロチロとくすぐるように蕾を舐め、細かな襞を濡らしてヌルッと潜り込ませた。

「あう……！」

鶴が呻き、モグモグと肛門で舌先を締め付けてきた。

彼は滑らかな粘膜を味わい、舌を出し入れさせるように動かしてから、再び陰戸に戻ってヌメリを舐め取り、オサネに吸い付いた。

「も、もう駄目です……」

鶴が息も絶えだえになって言い、今にも気を遣りそうなほどガクガクと全身を震わせはじめた。

「して……」

三吉は舌を引っ込め、彼女を股間へと押しやった。

すると鶴も、すぐに移動し、大股開きになった彼の股間に腹這いになり顔を寄せてきた。

三吉は自ら両脚を浮かせ、抱え込んで尻を突き出した。彼は事前に水を浴《あ》び、全身綺麗《きれい》にしてあった。

鶴も厭《いと》わず、舌を伸ばしてチロチロと彼の肛門を舐め回してくれた。

そして自分がされたように、充分に濡らしてからヌルッと潜り込ませた。

「あう……、気持ちいい……」

美少女の清らかな舌先を受け入れ、キュッと肛門で締め付けながら三吉は呻き、快感を味わった。

鶴も熱い鼻息でふぐりをくすぐりながら舌を蠢かせ、やがてヌルッと引き抜いて今度はふぐりを舐め回してくれた。

二つの睾丸を舌で転がすと、鼻息が肉棒の裏側を刺激してきた。

やがてせがむように幹をヒクヒクさせると、ようやく鶴も舌先で裏筋をゆっくり舐め上げ、先端に来ると鈴口から滲む粘液を舐め取ってくれた。

そのまま張りつめた亀頭にしゃぶり付き、丸く開いた口でスッポリと根元まで呑み込み、チュッと強く吸い付いてきた。

「アア……、もっと……」

三吉が快感に喘いで言うと、鶴も吸引を強めてクチュクチュと舌をからめ、熱い鼻息で恥毛をそよがせた。

たちまち一物は美少女の生温かく清らかな唾液にまみれ、ヒクヒクと震えた。

「来て……」

やがて三吉は言って手を引き、鶴も身を起こして股間に跨がってきた。

唾液に濡れた先端を陰戸に受け入れ、ゆっくりと腰を沈めて座り込んだ。

一物は、ヌルヌルッと滑らかに肉襞の摩擦を受け、根元まで入っていった。

「ああン……、いい気持ち……」

ペタリと座り込んで股間を密着させた鶴が、顔を仰《の》け反《ぞ》らせて熱く喘ぎ、キュッときつく締め付けてきた。

三吉も熱いほどの温《ぬく》もりと締まりの良さを味わい、股間に美少女の重みを受けながら快感を味わった。そして両手を伸ばして抱き寄せると、鶴もゆっくりと身を重ねてきた。

彼は顔を上げ、可憐な薄桃色の乳首を吸い、舌で転がした。

もう片方も含んで舐め、顔中に柔らかな膨らみの感触を味わいながら、さらに腋の下にも鼻を埋め込んでいった。

和毛《にこげ》に鼻を擦りつけて、生ぬるく甘ったるい汗の匂いを嗅ぎ、可愛らしい体臭で胸を満たした。

そして小刻みにズンズンと股間を突き上げると、

「アアッ……！」

鶴が喘ぎ、合わせて腰を遣いはじめた。次第に互いの動きが激しく一致し、溢れる蜜汁にピチャクチャと卑猥《ひわい》な音が響いた。

ふぐりまで淫水にまみれ、三吉は下から抱きすくめながら股間をぶつけるように突き上げはじめていった。

「唾《つば》を出して……」

囁くと、鶴も愛らしい唇をすぼめ、白っぽく小泡の多い唾液をクチュッと吐き出してくれた。それを舌に受け止めて味わい、うっとりと飲み込んだ。

「顔中にも吐きかけて……」

「ああ……、しないといけませんか……」

さらにせがむと、鶴は畏れ多さに声を震わせ、それでもペッと軽く吐きかけてくれた。果実臭の息とともに、生温かな粘液の固まりが鼻筋を濡らし、頬をトロリと伝い流れた。

「もっと強く何度も……」

言うと鶴も次第に激しく吐きかけ、果ては舌を這わせ、彼の顔中をヌラヌラと清らかな唾液にまみれさせてくれた。

「い、いく……！」

もう我慢できず、三吉は動きながら昇り詰め、大きな快感とともに熱い大量の精汁を勢いよく柔肉の奥へほとばしらせてしまった。

「アアッ……、気持ちいいッ……！」

噴出を感じた途端に鶴も気を遣って口走り、ガクンガクンと狂おしい痙攣を開始して一物を締め付けた。

三吉は心ゆくまで快感を貪り、全て出し切って突き上げを弱めていった。

そして収縮する膣内に刺激され、ヒクヒクと過敏に幹を跳ね上げ、甘酸っぱい吐息の匂いの中で余韻を味わったのだった。

四

「姫様も、月の障《さわ》りも終わって先ほど湯浴みをしてきました」

夜半、三吉の部屋に志摩が来て言った。

「そうですか。では今宵《こよい》にも情交出来ますか」

「まだ、済んだばかりで無理です。今宵も早めに休むので、明日ならば何とか」

気が急《せ》く三吉に、志摩がたしなめるように言った。

「それは残念。では明日の楽しみにしましょう。もう許婚《いいなずけ》なのだから、覗《のぞ》くようなことはしませんよね」

「承知しました。おかしなことさえしなければ、信用いたします」

「分かりました。ではおかしなことは、志摩様にお願いすることにしましょう」

三吉は言って寝巻を脱ぎ、ビンビンに勃起した一物を突き出した。

「まあ……、間もなく夫婦になるというのに、まだ私と……」

志摩が呆《あき》れたように言いつつも、多少は予想していたか、ほんのり頬を染めた。

「さあ、どうかお脱ぎ下さいませ」

言うと、志摩も立ち上がって帯をシュルシュルと解いて落とし、着物を脱ぎはじめてくれた。

たちまち室内に甘ったるい女の匂いが生ぬるく立ち籠め、見る見る白い熟《う》れ肌が露《あら》わになっていった。そして彼は、糸まとわぬ姿になってモジモジと振り向いた志摩に言った。

「ね、顔に足を乗せて」

「そ、そんな、姫様の旦那様になる方に……」

志摩は、いつものように大仰に驚いて尻込みした。

「まだなっていないのだし、正式に夫婦になれば、それなりの態度を取りますので、どうか今だけ」

せがんで手を引っ張ると、彼女も恐る恐る迫り、震える足を浮かせてそっと足裏を顔に乗せてくれた。

「ああ、いい気持ち……」

「こ、このようなことをする方など、この世のどこにもおりませんよ……」

うっとり喘ぐと、志摩は壁に手を突いて身体《からだ》を支えながら言った。

三吉は足裏に舌を這わせ、指の股にも鼻を割り込ませて、汗と脂に湿って蒸れた匂いを貪った。

そして爪先にしゃぶり付き、順々に指の間を舐めてから足を交代させた。

味と匂いを堪能していると、志摩が喘ぎ、ガクガクと膝を震わせた。しかし見上げると、陰戸から溢れた蜜汁が白い内腿にも伝い流れはじめていた。

「アア……、も、もう……」

やがて彼は足首を摑《つか》んで顔を跨がせ、また手を引っ張った。

「しゃがんで」

言うと志摩もそろそろと脚を折り曲げ、彼の鼻先に股間を迫らせてきた。

色白の内腿がムッチリと張り詰め、顔中を熱気が包み込んだ。割れ目からはみ出す陰唇がヌメヌメと潤い、間からオサネが顔を覗かせていた。

豊満な腰を抱き寄せ、黒々とした茂みに鼻を埋め込むと、汗とゆばりの匂いが生ぬるく鼻腔を刺激してきた。

美女の体臭を何度も吸い込んで舌を這わせると、淡い酸味のヌメリが溢れてきた。

息づく膣口を搔き回し、オサネまで舐め上げていくと、

「ああッ……！」

志摩が喘ぎ、思わずギュッと座り込みそうになり、慌《あわ》てて両足を踏ん張った。

三吉は味と匂いを貪り、豊かな尻の真下にも潜り込んで、顔中に双丘を受け止め、谷間の蕾に鼻を埋め込んで嗅いだ。

秘めやかな微香で胸を満たし、舌を這わせて襞を濡らし、ヌルッと潜り込ませて粘膜を味わった。

「く……、駄目……」

志摩が息を詰めて呻き、キュッと肛門で舌先を締め付けてきた。

三吉は執拗に舌を蠢かせてから、再び陰戸に戻って新たなヌメリをすすり、オサネに吸い付いていった。

「あう……、どうか、もう……」

絶頂を迫らせたか、志摩が息も絶えだえになって言い、股間を引き離してきた。

そして彼女は自分から三吉の股間に顔を移動させ、屹立《きつりつ》した一物にしゃぶり付き、

スッポリと根元まで呑み込んでいった。

「アア……」

三吉は喘ぎ、温かく濡れた美女の口の中で幹を震わせた。

「ンン……」

志摩は深々と頬張り、熱く鼻を鳴らして吸い付き、クチュクチュと舌をからみつかせてきた。熱い鼻息が恥毛をくすぐり、肉棒は生温かな唾液にまみれて急激に絶頂を迫らせた。

「来て……」

三吉は言って、また手を引っ張り、彼女を股間に跨がらせた。

志摩も素直に顔を上げ、唾液に濡れた先端に割れ目を押しつけ、位置を定めてゆっくり腰を沈み込ませてきた。

「ああ……、いいわ、奥まで届く……」

ヌルヌルッと根元まで受け入れた彼女が仰け反って喘ぎ、キュッときつく締め付けてきた。

三吉も、心地よい肉襞の摩擦と温もりに包まれて陶然となった。

彼女は何度かグリグリと股間を擦りつけ、やがて身を重ねてきた。彼も両手で抱き留め、熟れ肌の温もりと思いを全身で噛み締めた。

顔を上げ、潜り込むようにして左右の乳首を交互に含み、舌で転がして顔中で膨らみを味わった。

さらに腋の下にも顔を埋め、腋毛に鼻を擦りつけ、甘ったるい汗の匂いで鼻腔を満たし、ズンズンと徐々に股間を突き上げはじめた。

「あうう……、いい気持ち……」

志摩が熱く呻き、動きに合わせて腰を遣ってくれた。溢れる蜜汁が律動を滑らかにさせ、ピチャクチャと湿った音が響いた。

三吉は動きを速めながら首筋を舐め上げ、美女の喘ぐ口に鼻を押し込み、甘い白粉《おしろい》臭の息を嗅ぎ、悩ましい湿り気で鼻腔を満たした。

すると志摩の方から唇を重ね、ヌルッと舌を挿し入れてきたのだ。

「ンン……」

彼女は熱く呻き、執拗に舌をからめては生温かな唾液を注《そそ》いでくれた。

三吉は両手でしがみつきながら激しく股間を突き上げ、美女の唾液と吐息に酔いしれながら昇り詰めていった。

「く……！」

大きな絶頂の快感に全身を貫かれて呻き、三吉はありったけの精汁を勢いよく柔肉の奥にほとばしらせた。

「アアッ……！」

熱い噴出に、志摩も声を上げて同時に気を遣った。

そのままガクンガクンと狂おしい痙攣を繰り返し、三吉は快感のなか最後の一滴まで心置きなく出し尽くした。

すっかり満足しながら徐々に突き上げを弱めていくと、いつまでも膣内が収縮し、刺激された一物がヒクヒクと過敏に震えた。

「ああ……、良かった……」

志摩も満足げに声を洩らすと、熟れ肌の硬直を解いてグッタリと彼に体重を預けてきた。

「姫様も、すぐにもこのように心地よくなることでしょう……」

「ええ……」

声を震わせて言う志摩に答え、三吉は甘い息を嗅ぎながら、うっとりと快感の余韻を味わったのだった。

五

「ああ、三吉、いえ旦那様。会いたかった……」

翌日の夜、湯殿で身を清めた三吉が夢香の寝所を訪ねると、彼女は顔を輝かせて迎えてくれた。

「どうか、婚儀が済むまでは今まで通り三吉でお願い致します」

「そう、では三吉。今宵はどうか最後まで……」

夢香も、相当に初めての情交を楽しみにしているようだった。

そして彼女は待ちきれないように寝巻を脱ぎ去り、一糸まとわぬ姿になって布団に仰向けになった。

三吉も全て脱ぎ去り、生娘《きむすめ》の姫君に迫った。

今夜は約束通り、志摩も次の間に控えることをせず、全て彼に任せ、信頼してくれていた。

まあ信頼といっても、あちこち舐め合ったあとに交接するという、いつもの行為は分かっていることだろう。

三吉は添い寝し、まずは白い乳房に屈み込んでいった。

可憐な薄桃色の乳首にチュッと吸い付き、舌で転がしながら柔らかな膨らみに顔を押し当てると、生ぬるく甘ったるい汗の匂いが感じられた。

昨夜入浴したようだが、今日は何とかしないよう志摩に頼んでおいたのだ。

「匂いが好きだなどと、困ったお人です……」

志摩は嘆息《たんそく》して言いながらも、自分もそれで羞恥《しゅうち》快感を高めていたものだから承諾してくれたのである。

「ああ……、いい気持ち……」

期待が高まっていただけに、夢香はすぐにも喘ぎ、クネクネと身悶《みもだ》えはじめた。

三吉は両の乳首を交互に含んで舐め回してから、腕を差し上げて腋の下にも顔を潜り込ませていった。

和毛に鼻を擦りつけると、甘ったるい体臭が悩ましく鼻腔を刺激してきた。

充分に嗅いでから脇腹を舐め下り、真ん中に戻って可愛い臍《へそ》に舌を挿し入れて蠢かせ、張り詰めた下腹から腰、ムッチリした太腿へと下りていった。

姫君の肌はどこもスベスベと滑らかで、三吉は脚を舐め下り、身を起こして足首を摑んで浮かせ、足裏にも顔を押しつけた。

舌を這わせ、指の股に鼻を割り込ませると、ほんのりと汗と脂に湿って蒸れた匂いが籠もっていた。

両足とも嗅ぎ、全ての指の間を舐めてから、彼は夢香を俯《うつぶ》せにさせた。

踵《きびす》から脹《ふく》ら脛《はぎ》、ヒカガミから太腿、尻の丸みを舐め、腰から背中を舌でたどると淡い汗の味がした。

肩まで行って髪の匂いで鼻腔を満たし、耳の裏側も嗅ぎながらうなじを舐め、また背中を舐め下りていった。

ときにキュッと噛みつきたい衝動に駆られるが、さすがに控え、彼は再び尻に戻ってきた。俯せのまま股を開かせて真ん中に腹這い、両の親指でグイッと谷間を広げると、可憐な蕾が丸見えになった。

鼻を押しつけると、ひんやりした丸い双丘が顔中に心地よく密着してきた。

蕾に籠もった秘めやかな微香が悩ましく鼻腔を刺激し、彼は何度も吸い込んで嗅いでから、舌先でくすぐるようにチロチロと舐めた。

細かに震える襞が濡れると、ヌルッと舌を潜り込ませて粘膜も味わった。

「く……」

夢香が顔を伏せたまま呻き、キュッキュッと肛門で舌を締め付けてきた。

やがて充分に味わうと彼は顔を上げ、再び夢香を仰向けにさせ、片方の脚をぐぐって股間に迫った。

白く滑らかな内腿を舐めて陰戸に迫ると、早くもそこは熱気と湿り気に満ち、内から溢れる大量の蜜汁にヌメヌメと潤っていた。

指で広げると、無垢《むく》な膣口が花弁状の襞を入り組ませてヒクヒクと息づいていた。

これが、生娘で見る最後の陰戸であろう。

三吉は吸い寄せられるように顔を埋め込み、柔らかな恥毛に鼻を擦りつけた。

隅々には甘ったるい汗の匂いと、残尿臭の成分が悩ましく入り交じり、心地よく鼻腔を刺激してきた。

彼は何度も嗅いで胸を満たし、舌を這わせていった。

淡い酸味のヌメリを味わい、舌先で膣口の襞をクチュクチュと掻き回し、滑らかな柔肉をたどってオサネまで舐め上げていった。

「アアッ……、もっと……」

夢香がビクッと顔を仰け反らせて喘ぎ、キュッと内腿できつく彼の両頬を挟《はさ》み付けてきた。

三吉はもがく腰を押さえつけながらオサネを吸い、溢れる蜜汁を舐め取った。

そして指を膣口に挿し入れ、揉みほぐすように小刻みに内壁を擦り、さらに奥へ入れて天井を擦った。

何しろ、これから指より太いものが入るのである。

やがて充分にほぐれ、快楽も高まってきただろうと、三吉は舌を離し、指をヌルッと引き抜いた。

添い寝していくと、夢香も心得たように身を起こしてきた。

「どうしたら良い？」

「ここを舐めて、噛んで下さいませ……」

夢香が訊くと、三吉は仰向けになって乳首を指した。彼女はすぐに唇を押しつけて吸い、チロチロと舐めて熱い息で肌をくすぐった。そして綺麗な歯でキュッと噛んで左右とも愛撫してくれた。

「ああ、気持ちいい……」

三吉がうっとりと喘ぐと、夢香も力を込めて歯を立ててくれ、さらに肌のあちこちを舌と歯で愛撫しながら股間に向かっていった。

大股開きになると、彼女は真ん中に陣取って腹這い、三吉の内腿にも舌を這わせ、歯を食い込ませてくれた。

彼が両脚を浮かせて抱えると、夢香は厭わずチロチロと肛門を舐めてくれ、ヌルリと潜り込ませてきた。

志摩が見ていたら出来ないことである。

「あう……」

三吉は妖《あや》しくも畏れ多い快感に呻き、モグモグと味わうように肛門で姫君の舌を締め付けた。

脚を下ろすと、夢香の舌も自然にふぐりに這い回り、熱い息を股間に籠もらせながらチロチロと二つの睾丸を転がしてくれた。

そしてせがむようにヒクヒクと幹を上下させると、彼女も幹の裏側を舐め上げ、鈴口から滲《にじ》む粘液まで丁寧に舐め取ってくれた。さらに張りつめた亀頭にしゃぶり付いて、スッポリと喉の奥まで呑み込んできた。

「アア……」

三吉は快感に喘ぎ、姫君の口の中で生温かな唾液にまみれた幹を震わせた。

夢香も深々と頰張って強く吸い、熱い鼻息で恥毛をそよがせながら、口の中ではクチュクチュと舌を蠢かせてくれた。

やがて充分に高まると、彼女も頃合いと見たか、チュパッと口を引き離した。

再び添い寝してきたので、入れ替わりに三吉は身を起こし、彼女の股を開かせて身を割り込ませていった。

本当は茶臼《ちやうす》（女上位）が好きなのだが、やはり初回は本手《ほんて》（正常位）の方が良いだろう。夢香も、すっかり覚悟を決めて目を閉じ、その瞬間を待って神妙に身を投げ出していた。

三吉は股間を進め、先端を陰戸に押しつけ、ヌメリを与えながら位置を探った。

そして膣口に押し込むと、張りつめた亀頭が潜り込み、あとは潤いに任せてヌルヌルッと根元まで挿入していった。

「あう……！」

夢香が眉をひそめて呻き、身を強《こわ》ばらせた。やはり今までの快楽とは違い、破瓜《はか》の痛みに戦《おのの》く感じである。

「大丈夫ですか……。痛ければ止《よ》します……」

股間を密着させ、三吉は身を重ねて囁いた。

「続けて……、やっとお前と一つになれたのだから……」

夢香は健気に答え、三吉も彼女の肩に腕を回してシッカリと抱きすくめ、生娘の温もりと感触を味わった。

動かなくても、中は息づくような収縮が繰り返され、一物はきつく締め付けられて高まっていった。

しかも単なる生娘ではなく、人一倍淫気が強く好奇心も旺盛で、それに潤いも多いし、好いた男との待ちに待った情交だから抵抗感はないようだった。

三吉は上からピッタリと唇を重ね、ネットリと舌をからめた。

「ンン……」

夢香も熱く鼻を鳴らし、彼の舌に吸い付いてきた。

三吉は、熱く湿り気ある息を嗅ぎ、濃厚に甘酸っぱい果実臭で鼻腔を満たしながら徐々に腰を突き動かしはじめた。

「ああ……、三吉……」

夢香が口を離して仰け反り、喘ぎながら両手でしがみついてきた。

彼も、いったん動きはじめると、あまりの快感にもう腰が止まらなくなっていた。

大量の蜜汁が動きを滑らかにさせ、三吉は急激に高まった。どうせ初回から気を遣ることもないだろうから、長く保たせなくても良い。

三吉は一気に絶頂を目指し、ズンズンと股間をぶつけるように突き動かし、そのまま昇り詰めてしまった。

「い、いく……、姫様……！」

彼は突き上がる快感に身悶えながら口走り、熱い大量の精汁をドクンドクンと勢いよく内部にほとばしらせてしまった。

「あ、熱い……、身体が宙に……、アアーッ……！」

すると、噴出を受け止めた途端に夢香も声を上ずらせ、ガクガクと腰を突き上げて膣内を収縮させたのだ。

（初回から気を……？）

三吉は驚きながらも、快感に任せて律動を繰り返し、心ゆくまで中に出し尽くしていった。

どうやら三吉に特別な力があるように、夢香もまた快楽に関しては常人以上の力を持っていたのだろう。最初から一人前に絶頂を迎え、彼女は息も絶えだえになって痙攣した。

三吉は心置きなく快楽を味わい、全て出し切って動きを弱めていった。そして膣内の収縮に刺激され、ヒクヒクと過敏に一物を跳ね上げた。

「ああ……、こんなにも良いものだなんて……」

夢香も満足げに言い、肌の硬直を解いてグッタリとなっていった。

どうやら、肌の相性も抜群のようだ。

三吉は身を重ねて温もりに包まれ、可憐な果実臭の息を嗅ぎながら、うっとりと快感の余韻を噛み締めたのだった。

(これから、どんな暮らしが待っているのだろう……)

彼は思いながら、間もなく妻となる夢香の上で、荒い呼吸を整えたのだった。

みだれ桜

二〇〇字書評

切・り・取・り・線

購買動機（新聞、雑誌名を記入するか、あるいは○をつけてください）	
□（　　　　　　　　）の広告を見て	
□（　　　　　　　　）の書評を見て	
□ 知人のすすめで	□ タイトルに惹かれて
□ カバーが良かったから	□ 内容が面白そうだから
□ 好きな作家だから	□ 好きな分野の本だから

・最近、最も感銘を受けた作品名をお書き下さい

・あなたのお好きな作家名をお書き下さい

・その他、ご要望がありましたらお書き下さい

住所	〒				
氏名		職業		年齢	
Eメール	※携帯には配信できません		新刊情報等のメール配信を 希望する・しない		

この本の感想を、編集部までお寄せいただけたらありがたく存じます。今後の企画の参考にさせていただきます。Eメールでも結構です。

いただいた「一〇〇字書評」は、新聞・雑誌等に紹介させていただくことがあります。その場合はお礼として特製図書カードを差し上げます。

前ページの原稿用紙に書評をお書きの上、切り取り、左記までお送り下さい。宛先の住所は不要です。

なお、ご記入いただいたお名前、ご住所等は、書評紹介の事前了解、謝礼のお届けのためだけに利用し、そのほかの目的のために利用することはありません。

〒一〇一 - 八七〇一
祥伝社文庫編集長　坂口芳和
電話　〇三（三二六五）二〇八〇

祥伝社ホームページの「ブックレビュー」からも、書き込めます。
http://www.shodensha.co.jp/bookreview/

祥伝社文庫

みだれ桜《ざくら》

平成27年 3 月20日　初版第1刷発行

著　者　睦月影郎《むつきかげろう》
発行者　竹内和芳
発行所　祥伝社《しょうでんしゃ》
東京都千代田区神田神保町3-3
〒101-8701
電話　03（3265）2081（販売部）
電話　03（3265）2080（編集部）
電話　03（3265）3622（業務部）
http://www.shodensha.co.jp/
印刷所　萩原印刷
製本所　ナショナル製本
カバーフォーマットデザイン　中原達治

Printed in Japan ©2015, Kagerou Mutsuki　ISBN978-4-396-34103-9 C0193

祥伝社文庫　今月の新刊

西村京太郎　夜の脅迫者
悪意はあなたのすぐ隣りに…ひと味違うサスペンス短編集。

南　英男　手錠
鮮やかな手口、容赦なき口封じ。マル暴刑事が挑む！

長田一志　八ヶ岳・やまびこ不動産へようこそ
わけあり物件には人々の切なる人生が。心に響く感動作！

龍　一京　汚れた警官　新装版
先輩警官は麻薬の密売人？背後には法も裁けぬ巨悪が！

鳥羽　亮　鬼神になりて　首斬り雲十郎
護れ、幼き姉弟の思い。悪辣な刺客に立ち向かう。

井川香四郎　取替屋　新・神楽坂咲花堂
義賊か大悪党か。江戸に戻った綸太郎が心の真贋を見抜く。

睦月影郎　みだれ桜
切腹を待つのみの無垢な美女剣士に最期の願いと迫られ…

喜安幸夫　隠密家族　御落胤《ごらくいん》
罪作りな〝兄〟吉宗を救う、〝家族〟最後の戦いとは!?

佐伯泰英　完本　密命　巻之一　見参！　寒月霞《かすみ》斬り
一剣が悪を斬り、家族を守る色褪せぬ規格外の時代大河！

佐伯泰英　完本　密命　巻之二　弦月三十二人斬り
放蕩息子、けなげな娘…御用繁多な父に遠大な陰謀が迫る。